ベリーズ文庫

冷血警視正は孤独な令嬢を溺愛で娶り満たす

一ノ瀬千景

STARTS
スターツ出版株式会社

目次

冷血警視正は孤独な令嬢を溺愛で娶り満たす

特別書き下ろし番外編

冷血警視正は孤独な令嬢を溺愛で娶り満たす

序章

恋も愛も信じない。誰にも好かれないし、誰も好きにならない。大槻蛍という人間はずっとそうやって生きてきた。

（そんな私が、こんな時間を過ごすことになるとは）

裸のままの彼が腕枕をしてくれる。少し視線をあげれば、彼——菅井左京の美しい顔がそこにあった。シャープな輪郭のなかに凛々しい眉、日本人らしい切れ長で奥二重の目、知的で品のいい唇がバランスよくおさまっている。長めの前髪が少し乱れているのが色っぽく、先ほどまでの熱いひとときを思い起こさせた。

胸がドキドキして視線が泳ぐ。

「ん、どうした？」

彼の目元が優しい弧を描いた。初めて会ったときは、冷たくてどこか寂しげな瞳と思ったけれど、今、蛍に向けられている眼差しはとろけそうに甘い。

「どこか痛かったり、していないか？」

「はい、大丈夫です」

下腹部に鈍い重さを感じはするけれど痛むわけではない。

「よかった」

左京はホッと息を吐いて、それからゆっくりと蛍の額にキスをする。甘酸っぱい時間が気恥ずかしくて、でも……幸せだった。

「なに笑ってるんだ？」

「自分の人生にこんな瞬間が訪れるとは思っていなかったので、なんだか不思議で。腕枕とか、本当にしてもらえるものなんですね」

甘く身体を重ねたあとの腕枕。そんなの、恋愛ドラマのなかだけのファンタジーだと思っていた。正直にそう話すと、彼は「ははっ」と楽しそうな笑い声をあげる。

「蛍の〝初めて〟をもらえるのは、なんであれ嬉しいな」

「……そういう台詞も。フィクションの世界かと」

照れくさくて顔が熱くなる。

「欲を言えば〝最後〟も俺がもらいたい。蛍に愛を教えるのは、俺だけでいい」

破壊力の強すぎる台詞とともに彼の唇が落ちてくる。どちらからともなく舌を絡ませ、またきつく抱き合った。

「ふっ」

キスの合間に漏れる蛍の吐息は艶っぽい。左京はすっかり弱った顔でこぼす。

「そんなに色っぽい顔をされると、二度目を期待したくなるな」

「……二度目？　え、えぇ⁉」

意味を理解した蛍は、耳まで赤くなって両手で顔を覆った。

「だから、かわいい顔を見せるなと言っているのに」

クスクスと笑う彼の声が耳に優しく響いた。


『蛍のことは俺が必ず守る。警察官としてではなく、夫としてだ』

『俺が……愛を教えてやる』

『拒んでも無駄だ。もう決めたから』

彼がくれた、優しい言葉の数々が鮮やかに蘇ってくる。

蛍の長い黒髪を撫でる手はとても温かくて、ふいに涙がこぼれそうになった。

(どうしよう、自分がこんなふうに変わってしまうとは思ってもみなかった)

自分たちは愛し合って結ばれた夫婦じゃない。

暴力団に狙われているかもしれない。そんなありえない状況だったからこそ、警察官僚である彼との結婚を受け入れた。もちろん事件が解決したら離婚する前提で。

『君は自分の身を守るため、俺は出世のため。俺たちはいい夫婦になれる』

結婚を決めたあの日、彼はちっとも笑っていない瞳でそんなふうに言った。

蛍も、そして左京も、愛を信じない人間だった。

（それなのに、どうして？）

愛は信じないはずだったのに……蛍は今、彼の胸のなかで永遠を願っている。

無理だとわかっているのに、それでもなお――。

一章　祇園にて

　正月気分もすっかり抜けた一月末。ここは京都市東山区に位置する花街、祇園。石畳の道に料亭やお茶屋が並び、京都らしさを体感できる場所のひとつだ。

　お引きずり、だらりの帯など、普通とは異なる仕立ての着物をまとった舞妓たちがしゃなりしゃなりと歩いている。舞妓の修業は十五、六歳頃から始めると聞く。和装だと大人びて見えるけれど、彼女たちは二十六歳の蛍よりずっと若いのだろう。

　ピューと吹く風が頬を刺す。

(覚悟はしてきたけど、やっぱり寒いなぁ)

　蛍は首をすくめてウールマフラーのなかに顎をうずめた。

　京都の冬は寒い。じわじわと底冷えしていく感じで、東京の寒さとは質が異なる。

(そもそも空気からして違うものね)

　この街の空気はしっとりと重い。盆地で空気が滞留しやすいという現実的な理由もあるのだろうが、それだけではない気がすると蛍は昔から思っていた。

　何百年も前からそこにある木々や建造物に、この街で生きていた人々の思いが染みついて……そのぶんずっしりと重く感じるのだろう。

日々生まれ変わり続ける街、東京のよくも悪くも軽やかな空気とは正反対だ。

蛍は緩く波打つ長い髪をなびかせて、周囲を見渡す。外国人観光客、若いカップル、旅行者の姿がちらほらと見えるがごった返すほどではない。正月休みも終わったこの時期に旅行をする人は少ないのかもしれない。数年前に訪れたときは夏休み期間中だったので、とんでもない混雑具合だった。桜と紅葉のシーズンもひどい。せっかく来ても旅行客の頭を見るだけで終わってしまう。

（寒いけど、混雑した場所は苦手だしこの時期で正解だったかも）

賢い選択だったと蛍は口元をほころばせた。すると、向こうから歩いてきたカップルの男性がほうけたような表情になり、隣にいる恋人がムッとした顔でこちらをにらむ。蛍は慌てて、店に入るふりをしてふたりと距離をとった。

そんな事情で近づいた店だったが「おいでやす～」と声をかけられて、すぐに踵を返すのも気まずい。蛍は軽く会釈をして、大きく開いていた扉から店内に入る。

和装用の小物を扱う店のようだ。つげ櫛（ぐし）、椿油などのヘアケア商品や西陣（にしじん）織と思われる和装バッグなどが棚に並ぶ。

「こらぁ、べっぴんさんやな。どこかの置屋の芸妓（げいこ）さんかいな？」

丸眼鏡をかけた気さくな男性店主が声をかけてきた。

観光客向けの手頃な商品も多いが、奥の棚にはなかなか高価そうな品も揃っている。それらを買い求めるのは、ここで商売をしている芸妓や舞妓たちなのだろう。

「いえ……」

蛍の否定の言葉をちっとも聞かず、彼はお喋りを続ける。

「みんな化粧落としたら別人みたいになるやろ。知らへん子やと思って声かけたら、常連さんやったなんてこともあってな」

蛍は初対面の人と世間話で盛りあがれるほど社交的な性格ではない。なので聞き役に徹する。話が一段落したところで、彼は人さし指で眼鏡のブリッジ部分を持ちあげ蛍をじっと見た。

「で、どこの子や？」

否定しないでいたものだから、すっかり芸妓と思い込まれているようだ。

「いえ。私はただの観光客で東京の会社員です」

苦笑交じりに答える。

「こら驚いた。さぞかし売れっ子なんやろうなと思ったわ。東京やったら、こんな美人が普通のＯＬさんをしてはるんか」

（悪気がないのはわかっているけど）

しげしげと見つめられると落ち着かない気分になる。

蛍の身長は百六十センチ。すごく高いというわけではないが、姿勢のよさとすらりと伸びやかな手足のせいか実際より高く見えるとよく言われる。今日は膝丈の黒いニットワンピースに白のダウンコートを羽織っている。足元はグレーのタイツにヒール低めのショートブーツ。緩いウェーブのかかった黒髪は腰まで届く長さで、ハーフアップにしてお気に入りのバレッタで留めてある。

抜けるような白い肌、白目と黒目のコントラストがくっきりとした目元、赤みの強い唇。ファッションもメイクも地味めだけれど、それでも人を惹きつける華があった。

店主は目を細めて首をひねる。

「う〜ん。でも芸妓やないにしても、地元の人間なのは間違いあらへんと思たんやけど。よそから来た子は雰囲気でわかるさかい」

自信たっぷりに言ってから、彼はおどけたように肩をすくめた。

「年取って、勘が鈍ったかな」

蛍は曖昧な笑みを返す。結局、商売上手な彼にのせられてヘアケア用の椿油をレジに持っていくはめになった。

「おおきに。また来てな」

黒地に赤い椿の絵。包み紙も京都らしくてかわいい。

（まぁ、いいか。ちょうどヘアオイルを切らしていたし）

肩から斜めがけしているミニショルダーにそれをしまって、蛍は店をあとにした。

数歩進んでからチラリと店を振り返り、心のなかで店主に謝罪する。

（ごめんなさい。店主さんの勘、鈍ってないです）

といっても嘘はついていない。たしかに自分は東京から来た観光客だ。だが、よその人間とも言い切れないだろう。

蛍はこの祇園の街で生まれた。寮のある東京の私立高校に入学する十五歳まで、この街で母とふたりで暮らしていたのだ。こういう場合は旅行ではなく帰省と、普通は言うのだろうが……この街に蛍が帰る場所はもうどこにもない。

蛍が東京の高校に入ってすぐ、祇園に残った母は急な病で亡くなった。母は天涯孤独の身だったので、彼女の死によって蛍とこの街との縁も切れた。蛍はそのまま東京で進学、就職をし、京都を訪れるのはせいぜい数年に一度くらいのものだ。

蛍は四条通をぼんやりと眺める。

（そんなに、楽しい思い出もないしね）

脳裏に浮かぶのは、花街に消えていく母の後ろ姿ばかり。蛍の母は『夕佳子(ゆかこ)』という名で芸妓をしていた。白塗りの肌に真っ赤な唇。好んでよく着ていたのは藤色の着物。しずしずと歩を進める姿には匂い立つような色香があり、この世のものとは思えぬほどに美しく……〝お母さん〟とは別人に思えたものだ。

目の前の道に母を見送る幼い自分が見えるような気がして、蛍はゆるゆると首を横に振った。

今回の京都旅行も特別な目的があったわけではない。

『大槻さん。この前、休日出勤したよね？　振り替えの休みを忘れずに取ってね。労務管理はちゃんとしておかないと、最近厳しいからさ〜』

そんな事情で急に三連休になったので、たまには遠出をしようと思い立った。

（美理(みり)と会えることになって、本当によかった）

これから、蛍にとって唯一の友人といえる前川(まえかわ)美理に会いに行く。彼女とお茶をするこの予定がなければ、ずっとひとりきりの寂しい旅になるところだった。

待ち合わせ場所の喫茶店に入ると、すでに到着していた彼女が片手をあげて蛍を呼んだ。

「こっち、こっち！　久しぶり」

色素の薄い栗色の瞳がこちらを向く。小顔で首がすらりと長い。この幼なじみ以上に〝可憐〟という言葉が似合う女性を蛍は知らない。

美理の正面に蛍が座ると同時に、彼女は喋り出す。彼女も東京暮らしが長かったので、蛍同様にほぼ標準語を話す。

「私がこっちに帰ってきて以来、なかなか会えていなかったもんね。最後に会ったのは『コッペリア』の公演のときかな？」

「そうそう。美理の引退公演だったから最前列で観たのよね」

美理はつい最近までクラシックバレエのダンサーをしていた。東京に拠点を置く、国内でも一、二を争う大きなバレエ団のソリストとして活躍。けれど、半年ほど前に引退・結婚し、地元である京都に帰ってきていた。親友の結婚は喜ばしいけれど、距離が離れてしまったことはやはり寂しい。

「新婚生活はどう？　それから仕事も」

彼女の夫は老舗呉服店の跡取り息子。美理も関西では高級住宅街として知られる下鴨（しもがも）に実家のあるお嬢さまなのでお似合いのふたりだ。親族の紹介で結婚に至ったと聞いている。

「楽しく暮らしてるよ！　あの人、天然だから困っちゃうときもあるけど」

「あぁ、そんな感じ」

結婚式で紹介してもらった彼を思い浮かべて蛍もクスッと笑む。飄々(ひょうひょう)としていてマイペースな男性だった。でも、しっかり者の美理とはいいコンビだと思う。

「仕事もね、私にはダンサーより向いているかな～なんて」

「そうなの？」

「うん、私は天才タイプじゃなくて努力型だったから。その経験が指導にいかせると思うんだ」

美理は第二のキャリアとして、所属していたバレエ団の系列の教室で講師の仕事を始めていた。本人の言うとおり、彼女は頭がよく努力の方向性を間違わない。その能力でダンサーとして花開いたタイプなので、教える仕事は適任だろう。

「ほら、美代(みよ)先生とか覚えてる？」

「覚えてるよ。懐かしいな」

「ああいう才能と芸術センスの塊！みたいな先生って、こっちの悩みをあんまり理解してくれなかったりしてさ……」

「あはは。わかるかも」

思い出話に花が咲く。蛍も子どもの頃はバレエを習っていて、美理とは同じ教室の仲間だった。もっとも蛍のほうは祇園を出ると同時にバレエはやめており、現在は中堅食品メーカー勤務の平凡なＯＬだ。

他愛ない話をしていたところで店員がオーダーを取りに来た。美理はホットのレモンティー、蛍はカフェラテを頼む。

「でもさ」

ややしんみりした声で美理がぽつりとこぼす。

「小さい頃に蛍とした約束は叶えられなかったなぁ」

「え？」

「ふたりで一緒に、世界で活躍するダンサーになろうねって」

「あぁ」

小学校六年生のときだ。卒業文集に書く将来の夢についてふたりで話していて、そんな約束をしたのだった。

「私は叶えられなかったけど、美理は何度か海外公演にも行ったじゃない」

「……あのときはコールドだったし」

彼女はおどけたように肩をすくめる。コールドとは集団で揃って踊るダンサーを指し、バレエ団の序列では一番下の地位になる。でも、その場所までたどり着くのだって決して簡単じゃない。そういう世界だ。

「蛍のぶんまでがんばるって決めたのに、結局挫折しちゃってごめんね」

苦々しい笑みを浮かべた彼女に、蛍はきっぱりと首を横に振ってみせる。

彼女の退団のきっかけは、団で三番手だったポジションを後輩に奪われたこと。たしかに華々しい引退ではなかったかもしれない。けれど八年もプロとして活躍したのだから、挫折では絶対にない。

「美理は立派にやりきったよ。私の憧れのダンサーなんだから、そんなふうに言わないで」

まるで妖精や天使のような、繊細な彼女の舞が蛍は好きだ。引退したって、ずっと彼女のファンであり続けたいと思っている。

「……蛍なら、私たちの夢を叶えられたはずなのにね」

小さく言って、彼女はハッとしたように手で口元を押さえた。

「ごめん、無神経だった」

「気にしないで。バレエをやめてもう十年以上よ。さすがに未練もないから」

蛍は明るく笑い飛ばした。家庭の事情でバレエをやめざるを得なくなったのは事実だ。けれど、ああいった世界ではそれも実力のうち。

身長、骨格、通える範囲に有名な先生がいるかどうか、家族の理解と豊かな資金力。自分ではどうにもできない要因ばかりだが、ひとつでも欠けていたら芽が出ない。

（ううん。こんなふうに考えるのもおこがましいわ）

当時は才能があると評価されたりもしたが、続けて大成したかは誰にもわからない。自分はお稽古事としてバレエをしていただけで、美理のようにプロのダンサーにはなれなかった。真実はそれだけだ。

頼んだ飲みものが運ばれてきたのをきっかけに、美理は話題を変えた。

「蛍の仕事は？　今も経理部なの？」

「うん。入社四年目で一度も異動していないのは私くらいかも」

蛍の勤務先『アスミフーズ』は冷凍食品やカップ麺などを主力としている食品会社だ。最初の配属が経理部で以後もずっとそのまま。同期入社の子たちは、みんな一度は部署異動を経験している。

もっとも愛想のない自分に営業などはまったく向かないだろうし、経理の仕事は性に合っていて不満はない。

「蛍は真面目だから、きっと経理部で重宝されてるんだね。そういえばマンションの更新はどうするの？　ほら、この前の電話で引っ越しを迷ってるって言ってたでしょ」

「うん、まだ考え中」

就職と同時に今暮らしているマンションの部屋を借りたが、もうすぐ契約更新時期なのだ。住み続けるか、新居を探すか悩んでいる。

「引っ越したい理由、なにかあるの？」

住まいは文京区。単身向け1DKマンションで、少し古いけれど会社にも近く物件自体に不満があるわけではない。

蛍は小さくため息をつく。

「実はね……ちょっと気になることがあって」

このところ郵便物の紛失という不可解な事象が起きていることを美理に打ち明ける。

「え～、なにそれ。怖いね」

美理はおびえた顔で自身の二の腕をさする。

「うん。届いているはずの手紙が届かなかったり、通販で買いものした商品がすごく遅れたり。大きな被害ってわけではないんだけど」

気がついたのは二週間ほど前だった。

「それ、ストーカーじゃないの？　前にテレビでそんな話をやっていたよ」

美理は本気で心配そうにしている。

「心当たりはないの？」

「全然ない。だって私……自慢じゃないけど、過去も現在も男の人とはいっさい交流がないし。女友達だって美理しかいない。そんな私に誰がストーカーするのかな？」

相談した交番でも似たような質問をされたが、なにも答えられなかった。

「自覚ないかもしれないけど！　蛍は地味な服を着ても、美人なの隠せていないから。おかしな男を引き寄せても不思議じゃないよ」

それから美理はちょっと呆れたように頬を緩めた。

「頼りになる恋人でもつくればいいのに。それに友達も！　まぁ、私が唯一の友達って悪い気はしないけどさぁ」

「恋人……」

口にしてみても、どうにも他人事としか思えない響きだ。

「私はいつでも駆けつけられる距離じゃなくなっちゃったし、信頼できる素敵な人が蛍の恋人になってくれたら嬉しいけどな」

「ありがとう。考えてみる」

彼女を安心させたくてそんなふうに答えたものの、内心では無理だろうなと苦笑いをしていた。美理との友情は信じているけれど……。

（男女の愛はわからない。信じられない）

たくさんお喋りをしてから、喫茶店を出た。夫と合流するという美理に別れを告げて、蛍はぼんやりと四条通を歩く。一泊二日の旅で、今夜の新幹線でもう東京に戻る予定だった。

（あと三時間くらいか。ブラブラしてたらすぐかな）

忘れないうちに会社に土産を買おうと名の知れた和菓子屋に入る。定番の味と季節限定の柚子味のふた箱を買って、また通りに出る。

外国人の団体、家族連れ、ちょっと派手な雰囲気のカップル。みんな楽しそうにしているなか、ひとりだけ険しい表情をしている人物が目についた。蛍のちょうど正面に立っているスーツ姿の男性だ。寒いのにコートなどは羽織っていない。百八十センチ以上あるだろうか。背が高く、肩や腕も逞しくアスリートのような身体つきをしている。

顔立ちはとても整っていた。鼻筋や顎のラインはすっきりとしていて、切れ長の目も薄い唇も知的で涼しげな印象を与える。少し長めの前髪がはらりと額にかかっているのが、なんとも色っぽい。

もし笑顔だったなら「素敵な人」以外の感想は抱かなっただろう。けれど彼の眉間には深いシワが刻まれていて、放つオーラがあまりに異質だった。

(なにをしているんだろう、あの人)

京都にも企業はたくさんある。出張でやってきたビジネスマンが空いた時間に観光をしていても不思議はないのだが……彼はそうは見えない。

鋭い目でなにかを警戒するように周囲をうかがっている。完璧すぎる美形だからこそ、妙なすごみがあって怖いくらいだ。

(悪い人なのかも。堅気じゃないって感じ?)

そういうつもりで見てみると、自分の想像はかぎりなく正解に近いように思えた。

年は三十代、まだ前半ってところだろう。それにしてはかなり上等そうなスーツだ。遠目にも高価なのがわかる。近頃のヤクザはインテリで、いかにもな格好はしないと聞く。彼もそういう人種かもしれない。

(関わり合いにならないようにしよう)

あんまりジロジロ見ていたら怒らせてしまうかも。蛍は急いで視線をそらそうとしたが、一拍遅かった。恐ろしいほどに強い眼差しが蛍を射貫く。彼は口を引き結んだままこちらを見据えている。

（……怖い！）

背筋に冷たいものが走って、蛍はパッと顔を背けて彼から遠ざかるように足を速めた。露骨におびえたことで怒らせたのだろうか。コツコツと追いかけてくる靴音が耳に届く。おそらくすぐ近くまで来ている。

（どうしよう、どうしたら）

不躾に見ていた件を謝罪したほうがいいのか、それとも走って逃げるべきか。迷っている間に男に追いつかれた。

「きゃっ」

彼はいきなり蛍の手をつかむと、短く告げた。

「いいか。死ぬ気で、全力で走れっ」

「えっ⁉」

イエスと答えてなどいないのに、彼は蛍を引っ張って駆け出した。

混雑している道をあえて選んでいるらしく、多くの人に迷惑そうな顔をされながらふたりは祇園の街を走り抜けた。

どのくらい走ったのだろう。気がつけば、少し先に京都駅が見えるところまで来ていた。オフィス街の小さな公園で止まって呼吸を整える。

「まいたか」

周囲をぐるりと見回したあとで、彼がつぶやく。

（まいたってなに？）

「あ、あの！」

蛍は勇気を振り絞って抗議の声をあげた。至近距離でぱちりと目が合う。さっきは絶対に堅気の人間じゃないと思ったけれど、会社員の行き交うこの辺りにいるとごく普通のビジネスマンに見えてくる。

（むしろエリートっぽい？）

高価なスーツに身を包めるのは、インテリヤクザだからなのか、育ちのいいエリートだからか。よくわからなくなってしまった。

背の高い彼が蛍を見おろす。彼は親指で自身の顎を撫で、なぜか楽しげに瞳を輝かせた。

「驚いた。君は見かけによらず体力があるな」

「へ？」

間の抜けた声が出たが、それも当然だろう。こんな言葉をかけられるとは想像もしていなかった。

「俺の足についてきてたし、結構な距離を走ったにもかかわらずさほど息があがっていない。なにかスポーツをしていたか？」

イントネーションは関東風、やはり出張に来ているビジネスマンだろうか。探るような瞳は異様に鋭く、蛍のすべてを暴こうとするみたいで不愉快だった。

蛍は負けじと彼をにらんだ。

「あなたは誰で、私になんの用ですか？」

なぜ初対面の人間に手を引かれ長距離走をするはめになったのか。その理由が知りたい。

「ただ観光していただけの私がなにをしたっていうんでしょう」

「それを、俺も知りたい」

彼は蛍から目をそらさず、すごんだ。

「君は何者だ？　地元の人間ではないようだが」

「初対面の方の質問に答える義務はないと思います」

「まぁ、そのとおりだな」

つっけんどんな蛍とは対照的に彼は余裕たっぷりだ。

蛍は深呼吸をひとつしてから、彼に問う。

「あなたのような方々は、一般人には手を出さないのが掟じゃないんですか？」

少なくとも任侠映画ではそうだった。彼はパチパチと目を瞬いたかと思うと「ぷはっ」と噴き出した。こぶしを口元に当てて笑いをこらえている。

「と、とにかくこれ以上なにかするなら警察に連絡を」

蛍は警戒心をあらわにして、バッグからスマホを取り出す。

「俺をヤクザかチンピラだと思ったわけか。ま、当たらずとも遠からず。なかなかいい勘してるな」

それはつまり、ヤクザなのかそうでないのか。はっきりしてほしい。

「けど、そういう人間と関わりがあるのはそっちだろう」

低い声がひやりと冷たく響く。

「おっしゃっている意味が理解できません。私は善良な市民で、あなた方とはいっさい関係のない人間です」

はっきりしないので、とりあえず彼をヤクザと仮定して話を進めた。

「なるほど、心当たりはなしか」

彼は途端に真剣な顔になって、蛍の肩に両手を置く。

「いいか。今から俺が話す話を真面目に聞け。——君自身のために」

どう考えても信じるに足る人間ではなさそうなのに、蛍は逃げずに彼の言葉の続きを待った。美しい黒い瞳がまっすぐに蛍を見つめたからだ。この目で嘘をつける人間はそう多くはないだろうと思ったから。それとも、平然とした顔で嘘をつくのがヤクザという人種なのだろうか。

「さっき、俺たちが会った四条通。あそこに若い男女のカップルがいたのを覚えているか？」

言われたとおりに記憶をたどる。

「えっと、はい」

彼を認識する少し前にカップルを見た覚えがある。男性のほうが鮮やかな赤髪だったので印象に残っていた。

「彼らがなにか？　ごく普通の恋人同士としか思いませんでしたけど」

「チンピラは俺じゃなくてあの男のほう。あいつは間違いなく裏社会の人間だ。匂いでわかる」

（匂いってなに？）

目の前の男がなにを言いたいのか、さっぱりわからない。怪訝そうな蛍に説明するように彼は続けた。

「あのふたりは恋人じゃない」

「え？」

「仲良く腕を組んでいるのに、いっさい会話がなく……目を合わせてもいなかった。おそらく、観光地で目立たないように恋人同士のふりをしていたんだろう」

（この人……やっぱり普通のビジネスマンとは思えない）

探偵のような洞察力は見事だと思う。けれど、どうして自分が彼の推理を聞かなくてはならないのか。事件に巻き込まれるのはごめんだった。

「もしそうだとしても、私には関係ありません」

そこで彼はグッと距離を詰めてきた。蛍の耳元に顔を近づけ、ささやく。

「あのカップルは君を尾行していた」

思いがけない台詞に蛍は目を見開く。

「そんな……」

「君に怪しまれず尾行をするために、カップルのふりをしていたんだ」

（尾行って……推理小説じゃあるまいし）

現実でそんな単語を耳にしたのは初めてかもしれない。呆気にとられている蛍に、彼は淡々と説明する。

「あいつらは君が和菓子屋に入る前から君のすぐ近くにいた。君が店に入った途端、不自然に歩調を緩めてその場にとどまった。さらに男の目は恋人らしき女には一度も向かわず、ずっと君を追っていた」

彼の話が自分にとってどういう意味を持つのか、蛍の頭は混乱するばかりだ。

「最初は君が美人だからかとも思ったが、あの目はそういうのじゃない。あいつは君を監視していた」

「あのカップルが私を見ていた？　どうして？」

沈黙が流れる。問いかけはぽっかりと宙に浮き、彼も蛍自身も答えを出せない。

「本当に思い当たる節はないんだな？」

「当たり前です。私は東京からの旅行客で、彼らのことなんか知りません。そもそも、怖い人と関わり合いになるような人間じゃありません。そうだ、きっと人違いですよ」

（うん、そうよ。ただの人違い。今頃はあのカップルもその事実に気がついて「あ〜あ」と思っているかも）

納得できる答えが出て、幾分か恐怖もやわらぐ。だが、彼は歯切れが悪い。ズボンのポケットに手を突っ込み、軽く肩をすくめた。

「ならいいが……東京から来たと言ったな。ひとりか？　いつ帰る？」

「ひとりです。今日の夜には東京へ」

馬鹿正直に答えた。嘘をついてもきっと彼にはお見通し、そんな気がしたから。

「可能ならあいつらに見つかる前に、このまま新幹線に乗れ。ただの人違いなら問題ないが、そうじゃなかったらまずい。用心しておいて損はないだろう」

彼を完全に信用したわけではないが、蛍は素直にうなずいた。万が一でも尾行が本当なら、危険だと思ったからだ。

（そうね、用心してなにもなければそれでいいもの）

幸い、大きな荷物は京都駅のコインロッカーに預けてある。このまま駅に向かって新幹線の時間を早めればいい。

「わかりました。そうします」

その答えに彼は安堵したようで、ふっと頬を緩めた。

「同行してやれたらいいんだが、あいにく仕事が残っていてな。気をつけて」

彼はポンと蛍の肩を叩き、そのまますれ違う。

「あの！」

思わず呼び止めてしまった。彼がゆっくりと振り返る。

「なんだ？」

「あなたは何者なんですか」

観察眼といい行動力といい、ただ者ではない気がした。そもそも普通の人間は怪しい人物を見かけたからって、見知らぬ女のためにここまでしないだろう。

（さっきの男の仲間とか、敵対組織の人とか？）

とにかく関係者なんじゃないだろうか。蛍が疑いを抱いていることを察したのだろう。彼はおかしそうに目を細める。

「さっきも言っただろう。ヤクザでもチンピラでもないが、そう遠くない存在ってとこ」

頭が疑問符でいっぱいになる。

「あぁ、そうだ。君がしていたスポーツ、いや、あれはスポーツとは呼ばないのか？」

自問自答して、彼は軽く首をひねった。

「え？」

「踊るほうのバレエ、正解だろう？」

ニヤリと笑うと、答えを聞かずに彼はもう一度前を向く。

「じゃあな」

背中で言って、雑踏のなかに消えていった。

（バレエ、なんでわかったんだろう）

蛍は彼の去った方角を呆然と見つめた。自分は彼が何者なのかちっともわからなかったのに、なんだか悔しい。それから、くるりと踵を返して京都駅の構内へ向かう。

一応助けてもらった立場なのに、礼のひとつも言えなかった。そのことに気がついたのは、予定より数時間早い新幹線に乗ってからだった。

大股で数歩進んでから菅井左京ははたと立ち止まり、たった今来た道を振り返る。雑踏の奥に、腰まであるロングヘアの女性の後ろ姿が確認できた。

スマホ文化のせいか近頃は老若男女問わず猫背気味の者が多いように思うが、彼女は違う。首から肩にかけての完璧なライン、まっすぐに伸びた背筋。後ろ姿がとても美しい。

「人違い、ねぇ」

左京はかすかに眉根を寄せた。本人も主張していたとおり、真面目そうな女性だ。

チンピラと付き合いがあるようには見えなかった。

（だが、あの赤髪の男が人違いをしていたとも思えないんだよな）

左京の職業は警察官だ、階級は警視正。

職業柄、この手の勘の鋭さには自信があった。彼女に危険が迫っている、そんな予感がしてならない。

（新幹線に乗るまで見届けるべきだっただろうか）

そんな考えがふと頭をよぎったが、いくらなんでもやりすぎだろう。そう判断しているのに、どうしても彼女のいる方角から視線をそらせない。気にかかって仕方ない。

そのとき、胸ポケットに入れたスマホが振動して左京を驚かせた。仕事関係者からの着信だった。

「菅井です。ええ、今は京都駅の近くで」

応答しながらも、左京の目はまだ彼女を追っている。が、雑踏に紛れてその姿が見えなくなった。

「あっ」

『どうかなさいました？』

「いや、なんでもない。すぐにそちらに向かいます」

通話を終えた左京はスマホをポケットに戻し、京都駅とは逆の方向に歩き出す。

（そもそも助けを求められたわけでもないのに、なんで声をかけたりしたんだろうか）

市民を守るのは警察官の務めだが、今回の左京の行動はその範疇をこえていたように思う。らしくない行動の理由が自分自身でも理解できず、すっきりしない気分だった。

二章　奪われたファーストキス

　東京都千代田区。半蔵門駅から徒歩五分の場所にアスミフーズは本社を構えている。やや古くさい四階建てのビルは一応自社所有だ。すごく景気がいいわけではないが、歴史と信頼があるため業績は安定していた。

「すみません。この領収書なのですが、喫茶店で打ち合わせをした四名のうち、ひとりの名前が抜けているので処理できません。再提出をお願いします」

　蛍は真顔のまま淡々とした口調で告げると、営業部のエースと称される大園という男性社員に領収書を突き返す。

「あ、じゃあ今書き足すから」

「ダメです。記載したうえで上長の押印をもらうのがルールですから」

　彼は露骨に不愉快そうな顔になる。融通のきかない女だと蛍に不満を抱いているのがひしひしと伝わってくる。

（でも、ひとつ受け入れたらルールがルールでなくなるし）

　嫌われようと憎まれようと、厳格な仕事をするのが経理部に求められるものだ。が、部の全員がそんなお堅い考えを持っているわけではないらしい。隣で話を聞いていたひとつ下の後輩、山下唯（やましたゆい）が「大園さん、残念～」とおどけた声をあげた。

「私が担当だったら、大目に見てあげたのになぁ」

ふんわり内巻きのボブヘアに甘めのファッション。小動物のようなくりっとした目が幼く愛らしい印象で、まだ大学生といっても通用しそうだ。

「さすが唯ちゃん。優しいな～」

舌足らずの甘えた声で彼女は続ける。

「だって、大園さんの成績あってのうちの会社ですから。私たちはサポートするのがお仕事ですもん！」

たしかに総務や経理は全社のサポート部門ではあるが、それは必要な役割分担であって自分たちを下に置く必要はないはずだ。蛍はちょっと鼻白んだが、大園はかなり気をよくしたようだ。蛍を一瞥して吐き捨てる。

「唯ちゃんと比べてさ……大槻さん、せめてもう少し愛想よくできないわけ？　顔は綺麗（きれい）だけど、それだけだよね」

「ひどーい」

言葉とは裏腹に唯は満面の笑みを浮かべている。

以前に一度だけ、彼女のネイルを注意したことがあった。それがいけなかったのか、えらく嫌われている。大園が去ったあとで、唯が蛍に含みのある目を向けてきた。

「あの、あとから知るほうがきっとショックを受けると思うので、心苦しいけどお伝えしておきますね」

「なんの話？」

もったいぶるような口ぶりで周囲の注目を引きつけてから、彼女は言う。

「実は来週、うちと大園さんたち営業部の若手社員で懇親会を企画しているんですけど……」

彼女のもくろみどおり、近くの席の同僚たちが耳をそばだてているのがわかった。

次の瞬間、唯はかわいらしく顔の前で両手を合わせる。

「本当にごめんなさい！　向こうのみなさんが『大槻さんだけは呼ばないでほしい』って。私はそんなのひどいって抗議したんですけど！」

聞いていた誰かがクスリと笑う声が聞こえた。続いて揶揄するような男性社員たちの言葉も耳に届く。

「かわいそ」

「でもまぁ、楽しく酒を飲みたいときにはね～」

けれど蛍は顔色ひとつ変えなかった。強がっているわけではなく、本当にどうでもいいのだ。懇親会も同僚からの評判も。

「私は構わないから。気にせず楽しんできて」

平然としている蛍に、唯はつまらなそうに小さく舌打ちした。ゆるふわな外見に反して、彼女がとても気が強いことは知っているので驚かない。

「ここで寂しそうな顔でもすれば、助けてあげたくなるのにな」

「ないない。そんなかわいげがあったら、最初から誘われてるって」

聞こえてくる意見はもっともだと蛍も思う。たしかに自分には愛想が足りない。だから職場でも浮いた存在なのだろう。

(でも……無理してまで職場の人と親しくする意義も見出せないし)

ランチがひとりぼっちでも懇親会に誘われなくても、今の業務に大きな支障はない。

(やっぱり私にはこの仕事が天職かも)

あらためて人事に感謝して、またパソコンに向き直った。

京都ひとり旅から東京に帰ってきてもう一週間。二月に入り、いつ雪が降ってもおかしくないほど冷え込む日が続いている。

あの彼から『尾行されている』と聞かされたときは驚き、恐怖を感じたけれど……。

こうして日常に戻ってしまえば、あんなに真剣に怖がって新幹線の時間を変更までした自分がやや滑稽に思えてくる。

(新幹線のなかでも東京駅でも、何度も確認したけれどあのカップルの姿はなかった。やっぱり人違いか、あの彼が勘繰りすぎたんだわ)

東京に戻ってすぐ美理に電話で相談したのだが、彼女は心配しつつも現実的な意見をくれた。

『まぁ、実際にはなんでもないオチだったなんてケースはよくあるよね。実は蛍がそのカップルの友人によく似ていて、本人かどうか確かめたくて見ていた……とかさ』

美理の推理はかぎりなく真実に近い気がした。平凡なＯＬの日常にミステリードラマのような展開はまず訪れないだろう。

それから蛍はふと、美理のもうひとつの推理を思い出す。

『その目つきの鋭い彼が蛍に一目惚れして、話しかける口実をでっちあげた！　うん、これもありえそうね』

美理は自身の妄想が気に入ったらしく、スマホの向こうでひとり盛りあがっていた。

『旅先での出会い、運命的で素敵！　しかも手を繋いでの逃避行よ』

あれはそういうロマンティックなものでは絶対になかった。

（あんなに本気で走ったの、学生のとき以来だったわ）

一枚一枚、領収書を処理しながら蛍はふっと苦笑する。ヤクザでもチンピラでもないけど、それに近い存在らしい彼の顔が脳裏をよぎる。

（結局、何者だったんだろう）

いやに圧が強いし、なにより人の内面を見透かそうとしてくるところが蛍からすれば苦手だった。けれど、まっすぐにこちらを見るあの瞳が妙に心に引っかかって忘れられない。会社で浮いていようが同僚に嫌われようが全然気にならないのは、蛍が他人に興味を抱かない人間だからだ。長年、透明人間みたいに生きてきた。

そんな蛍が誰かの存在を心に留めるのは本当に久しぶりで、自分でも意外だった。


残業は一時間以内と決めているので、午後七時前には会社を出た。一応まだ、あのカップルに尾行されていないかは意識している。帰宅する人の波にサッと目を走らせたが、それらしい人物はいない。もっとも髪形やファッションをあの日と大幅に変えられてしまったら、もう判別できない気もするが。

会社から電車を使って約三十分、自宅マンションに到着した。部屋に入る前にポストを確認する。なにも入っていなかったけれど、もともと届いていないのか盗まれているのかはわからない。

（やっぱりオートロックマンションにしたほうがいいのかな）

高校は全寮制、大学時代も学校の紹介してくれる寮で暮らしていた。だからこのマンションは就職と同時に借りた。家賃が手頃なぶん、セキュリティは甘い。

とある理由により蛍はお金には困っていない。自分名義の預金口座に結構な額が入ってはいるのだ。

（面倒だけど、やっぱり新居を探そうかな）

そんなことを考えながら、部屋に入る。すぐにルームウェアに着替えて冷蔵庫からペットボトルの水を取り出す。テレビをつけて、それをぼんやりと眺めながらストレッチをするのが日課だ。バレエをやめてずいぶん経つが、当時の習慣だった朝と晩のストレッチは今も欠かしていない。時々キッチンのシンクをバーに見立ててバーレッスンも行う。

運動不足と肩凝りの解消にとてもいいし、これのおかげで体力と筋力を維持できている。脚を左右に開いて、ペタッと上半身を床につける。重ねた両手の上に顔をのせて、テレビ画面に視線を移した。ニュース番組が一日の出来事をダイジェストで紹介している。途中、蛍がもっとも嫌う政治家の顔が映し出され、不快感に顔をしかめた。

与党の大物、海堂治郎。次の首相候補として注目度があがっているそうだ。年は六十歳、髪がふさふさなせいか実年齢より若々しい。爽やかで誠実そうだと、主婦層の支持を集めているらしい。

『庶民の味方として人気急上昇中ですね』

『たいへんな愛妻家だそうですよ』

スタジオのキャスターたちも彼に好意的なコメントをしている。いつもは粗探しみたいなマネをして政治家を批判しているイメージなのに。そこもまた蛍にとっては腹立たしいポイントだ。

「愛妻家ねぇ」

(まぁ、たしかに。奥さまは大事にしているのかもね)

思わず毒づくが、蛍にはその権利があるだろう。

(あの女性と結婚するために、お母さんをあっさり捨てたんだもの)

海堂治郎は蛍の父親だ。定期的にお金を送ってくるだけで、それ以外の付き合いはまったくないけれど。

父と母がどういう関係だったのか、詳しい事情は知らない。

『代議士の先生だもの。身寄りのない私とは最初から釣り合わなかったの』

母がチラリとそんなふうにこぼしていたことがあったから、父にとってはほんの遊びだったのかもしれない。けれど母は蛍を身ごもった。

その頃、父には政界の名門海堂家の娘との縁談が持ちあがっていた。彼は迷わずそちらを選び海堂家に婿入りして、母には『金はいくらでも援助する。だが認知はしてやれない』のひと言で話を終わらせたそうだ。

（お母さんは、なんで私を産んだんだろう）

自分だったらそんな男の子どもを育てたいとは思わないし、母の気持ちは今でもよく理解できない。

母はいつも『私たちはふたりきりの家族だからね』と蛍に言い聞かせていた。海堂家の邪魔をしてはいけないという意味だったのだろう。彼女はその誓いを守ってひっそりと生き、呆気なく亡くなった。

治郎の妻も、蛍にとっては腹違いの弟になる海堂家の跡取り息子も、すべて知ってはいるそうだ。けれど母の死も蛍の存在も、なかったものとして扱われている。

（まぁ、あちらの立場ならそう思うか）

治郎の妻と弟を憎む気持ちはまったくない。でも海堂治郎だけは絶対に応援したくない。この思いは一生変わらないだろう。

蛍の預金口座に入っている大金は治郎から毎月送られてくるお金だ。社会人として自立した以上、嫌いな男の援助にはなるべく頼りたくない。そんな理由から身の丈に合ったマンションで暮らしているのだ。

短いニュース番組が終わり、大勢のタレントが出演する賑やかなバラエティが始まった。治郎の顔を見ているよりこちらのほうがずっと楽しい。

ルーティンメニューを終えたところで蛍は立ちあがり、テレビを消す。毎日決まった流れで次はお風呂。けれど、バスルームに向かう前にリビングの窓辺に近づいた。カーテンが微妙に閉まりきっていなかったからだ。

ブルーグレーのカーテンに手をかけ、なんの気なしに下をのぞく。全身黒っぽい服を着た、男か女かもわからぬ人物が電柱に寄りかかるようにして立っていた。視線がこちらを向いている気がする。

(え、この部屋を見ている?)

けれど確かめる間もなく、その人物はそそくさと走り去っていく。

(私に見つかったから……逃げたのかな)

ジョギングの途中で休憩をしていた。蛍と目が合ったのはただの偶然で、不審人物と思われるのを恐れて慌てて立ち去った。そういう好意的な解釈も可能ではある。だけど、郵便物の紛失、京都での尾行と妙な出来事が続くのでどうしても悪いほうに考えてしまう。

次の瞬間、ブーブーとスマホの振動音がやけに大きく鳴り響き、蛍の肩はビクリと大きく跳ねた。慌ててテーブルの上のスマホを取る。

「はい、もしもし」

『ご無沙汰しております。如月(きさらぎ)です』

落ち着いた柔らかい声が耳に届く。如月晋也(しんや)は海堂治郎の私設秘書だ。治郎と蛍の連絡係を務めてくれていて、なにかあれば彼から連絡が入る。なにもなくても蛍を心配して、時々は顔を見に来てくれたりもする。治郎の秘書というだけで最初は毛嫌いしていたが、彼は政界をこころざす人間とは思えぬほど野心のない穏やかな男性で、今では美理の次に心を許せる存在になっていた。

いつもなら蛍の近況を聞いてくれたり他愛ない世間話をしたりするのだが、今日の彼はいつもと様子が違う。スマホの向こうの空気が緊迫しているのを蛍は感じ取った。

「なにかあったんですか？」

答える晋也の声は、やはりいつになく硬い。

『ええ。ちょっと……電話ではなくお会いしてお話しできたらと思っています』

早いほうがいいと彼に頼まれ、明日の仕事終わりに約束をした。晋也は蛍の会社まで車をつけると言ってくれたが、それは固辞する。彼の愛車は高級な外車で、乗り込むところを会社の人に見られたくなかったからだ。

『では、午後七時で。はい、よろしくお願いします』

彼は待ち合わせ場所に新宿の外資系ホテル内にある中華レストランを指定した。そこは海堂治郎の事務所から近いため、以前にも晋也と会うときに利用したことがあった。完全個室で密談にもってこいなので彼の行きつけなのかもしれない。

蛍はお風呂の準備をしながら深いため息を落とした。

(嫌だな、面倒な話なんだろうな)

晋也の話を聞く前から確信があった。なぜなら、海堂家はできれば蛍とは関わりたくないと考えているはずなのだ。わざわざ向こうから連絡してくる以上は、なにかややこしい事情があるのだろう。

憂鬱な想像で頭がいっぱいになり、マンションの下にいた怪しい人物はすっかり思考の片隅に追いやられてしまった。

そのまま翌日も仕事をこなし、急いで退社して晋也との待ち合わせ場所である新宿のホテルに向かう。

怪しい人物が思考の真ん中に舞い戻ってきたのは、新宿駅を出たときだった。絡みつくような視線を感じて蛍は顔をあげる。

(誰かに見られている?)

キョロキョロと首を左右に振る。帰宅時間の駅前はあまりにも人が多く、視線の主を特定するのは難しいかと諦めかけた。が、ある人物のところで蛍の目はぴたりと止まった。黒い服に黒いキャップ。ゆうべマンションの下にいた人物が即座に思い出された。

(まさか同じ人?)

さらに恐ろしい情報が蛍の視界に入ってくる。黒いキャップからのぞく前髪は派手な赤色。それを認識した瞬間、ゾッと背筋が凍った。

京都で会ったカップルの男とマンションの下にいた人物は同じ? もしそうなら、結構な執念深さで彼は蛍を追いかけていることになる。

(確かめよう)

そう考えて足を速めた。彼がついてくるようなら、恐ろしい予想は正解といえるだろう。しばらく歩いてから、こわごわと後ろを振り返る。そして絶望に言葉を失った。

（嘘でしょう）

なに食わぬ顔をして、つかず離れずの距離に男はいた。ここでようやく晋也に助けを求めようと思いついて、蛍は震える手でバッグのなかを探る。焦りのせいかスマホがなかなか見つからない。

「悪い！　待たせたな」

まるで周囲に聞かせるような、やけに大きな声が響いたのと同時に誰かに肩を抱かれた。自分を尾行している男に違いないと思い、恐怖に声も出せなかった。膝がガクガクと震える。

「俺に合わせろ。こっちが気づいているのを悟られるな」

耳元でささやかれて初めて、蛍は肩を抱く男の顔を確認した。見覚えのあるその顔は赤髪の男ではない。

（あのときの！）

美理いわく『手を繋いでの逃避行』をともにした相手だった。

彼はグッと蛍の肩を抱き寄せて歩き出す。恋人を偽装しようとしているのだと蛍にも理解できた。なので、彼の手を払いのけることは我慢した。

けれど彼はそれだけでは不満のようだ。眉間にシワを寄せて言う。

「硬直しすぎ。それじゃ連行される容疑者にしか見えないぞ」

そう言われても、恋人同士の歩き方など蛍は知らない。たとえ知っていてもこの状況で平然と演技などできるはずもない。

蛍に甘い笑みを浮かべるふりをしながら、彼はさりげなく後方に目を光らせた。

「しつこいな」と小さくつぶやいたのが聞こえたので、尾行男はまだいるのだろう。

駅前から離れ、人通りも少なくなってきた。これでは、ますます赤髪の男を振り切るのは難しそうだ。彼も同じように考えたのだろう。

「作戦を変える」

軍隊の命令みたいな口調で告げて、彼は通りの角を曲がる。

(どこへ行くんだろう)

居酒屋やカラオケ、スナックのような店が並ぶ歓楽街に入った。しばらく進み、とある場所で彼は足を止めた。蛍は瞳だけを動かし、尾行男の動向を確認する。男もスマホを見るふりをしてとどまっている。

「あ、あの、どうするつもりなんですか？」

蛍は小声で隣の彼に尋ねた。尾行をまけていないのに、なぜ足を止めたのだろう。

「ここに入ろうか」

「え?」

彼の言葉で蛍はようやく目の前の建物を見た。古ぼけた小さなビル、紫とピンクの文字で書かれた看板にはレトロなムードが漂う。

(ホテル……ってえぇ⁉)

ようやく気がついた。ここはいわゆるラブホテルと呼ばれる場所。

「な、なにを言って」

口をハクハクさせて彼を見る。スッと大きな手が伸びてきて、蛍の左の耳を包んだ。くすぐったさにピクンと肩が跳ねる。彼の手はそのまま蛍の後頭部をホールドして……気がついたときにはもう、あの印象的な瞳が間近に迫っていた。

綺麗で、ひんやりと冷たい黒。吸い込まれてしまうようで身じろぎひとつできない。

(どうして彼が私の心に居座ったのか、わかった気がする)

他人を徹底的に拒んでいる、そのくせにどうしようもなく寂しげで……自分と似ているからだ。

ゆっくりと唇が触れる。彼の唇は想像よりずっと温かくて、それが少し意外だった。

(変なの、瞳は冷たいのに……)

それからワンテンポ遅れて、蛍はようやく自分がキスという行為をしているのだと気づく。この事実をどう受け止めていいのかわからなかった。動揺と怒りと羞恥と、色々な感情が一気に噴出して収拾がつかない。

そんな蛍の心情にはお構いなしで、彼は強引に唇を割り舌をねじ込んできた。蛍の後頭部をつかまえているのとは反対の手で、腰の辺りを撫で回す。

グッと、キスがもう一段深くなった。ざらりとした彼の舌が上顎をなぞり、互いの唾液が混ざる。唇が触れるだけのキスとは全然違う。途端に生々しくなった行為に蛍は強い恐怖を覚えた。密着している身体を力いっぱい押しのけようとするけれど彼はびくともせず、逆に蛍を脅すような低い声を出した。

「頼むから黙って従ってくれ。痛い目にあいたくなきゃな」

自分を尾行しているらしい赤髪の男、目の前にいる彼、どちらが悪人で誰を信じたらよいのか全然わからない。

実は共犯でどっちも悪人。頭に浮かんだその推理が一番正しいように思えてくる。

彼は蛍の肩を抱いたまま自動ドアからホテルに入る。普通のホテルとは違い、開放的なラウンジも受付スタッフのいるフロントもない。代わりに部屋の写真がバーンと大きく掲示された機械があった。彼は蛍を連れてその前まで歩く。端っこのほうに一応フロントらしき窓口があった。が、薄汚れたカーテンがかかっていて奥にスタッフがいるのかどうかは不明だ。

(仮にもホテルなんだから、無人のはずはないよね。声をあげたら誰か出てきてくれるかしら)

彼を信用しきれず、助けを求めるべきか蛍は迷った。

「おそらくあっちが駐車場と繋がる裏口だ」

ポケットから財布を出しながら彼がささやく。

「え?」

彼は部屋を選び、お金を払う……ふりをしているだけらしい。

「あいつが見ている間は焦るな。部屋に入るふりをするんだ」

蛍の腰を抱きながら彼はゆっくりと奥のエレベーターに向かう。が、エレベーターは素通りして裏口の扉を開けた。

「出たら走れっ、全力でだ」

こうして、蛍は彼と二度目の逃避行をするはめになった。けれど今度はそうきつくなかった。大きな通りに出ると、彼がすぐにタクシーを拾ったからだ。

「どちらまで?」

「道案内はこちらでします」

彼の指示に従い、タクシーは東京の街をグネグネと進んだ。同じ場所に戻ってきたり、車の進みづらい脇道にあえて侵入したり。蛍は尾行をまくための対応と理解できたが、運転手は終始不審そうに首をかしげていた。

「もう大丈夫かな」

彼が小さくつぶやく。『もう大丈夫』は尾行男の件だろう。

それから運転手に声をかけた。

「ここでいいです。ありがとうございました」

その言葉でタクシーが停まる。

「あの、この場所でしたら初乗り料金だったと思いますがいいんでしょうか?」

乗った場所から直線距離ではそう移動していなかったようだ。運転手は支払いをごねられるのでは?と心配しているのか不安そうだ。

「もちろん問題ありません。助かりました」

彼はメーターの示したとおりの金額をカードで払い、車をおりた。続いて蛍の手を取り降車をサポートしてくれる。そのとき自身の左手首に巻かれた腕時計が目に入り、蛍はすっかり忘れかけていた晋也との約束を思い出す。時刻はすでに約束の五分前だった。

（連絡しないと！）

「すみません。ちょっと約束の相手に連絡させてください」

タクシーをおりた蛍は彼に断りを入れて、バッグからスマホを取り出そうとする。が、その手を彼に止められた。

「必要ない。五分前ならちょうどいいだろう」

「え？」

弾かれたように顔をあげる。彼の背景に、蛍が向かう予定だったホテルのシンボルマークが大きく見えた。

（このホテルに向かっていたの？）

タクシーが自分を目的地まで運んでくれていたことに蛍は今さら気がついた。

「午後七時に『翡蓉楼』で、約束の相手は如月晋也。俺も同じだ」

蛍は目を見開き、ゴクリと喉を鳴らした。

（如月さんの……知り合い？）

つまり、海堂治郎の関係者でもあるのだろうか。目の前の男が敵なのか味方なのかますますわからなくなった。

翡蓉楼は都内の中華レストランのなかでも指折りの高級店だ。味も接客サービスも満点なうえに、プライバシーの保たれるゆったりとした完全個室が政治家や官僚から信頼され御用達となっていると聞く。

通された部屋は、暗めの照明が落ち着いた雰囲気を醸し出していた。朱色のテーブルクロスが敷かれた円卓と黒い椅子が四脚。壁には蓮の花が描かれている。蛍と晋也が隣同士に、男は蛍の正面に座った。

冷菜の盛り合わせにフカヒレのスープ。豪華な料理が次々と運ばれてくるが正直、今はそれどころじゃない。

「どういうことなのか、説明をお願いします」

にらみつけるような強い眼差しを、蛍は男と晋也に送った。

晋也は仕立てのよいグレーのスーツに紺のネクタイ。細いシルバーフレームの眼鏡をかけている。ファッションもオールバックに撫でつけた髪も、三十六歳という彼の年齢から考えるとややおじさんっぽく見えるが、政治の世界ではそのほうがよい印象になるのだろう。いつも冷静で穏やかな彼も今日は表情が硬い。

「今日、蛍さんに来てもらったのは彼を紹介するためだったんです」

「菅井左京、三十四歳。警察庁に勤めていて、階級は警視正だ」

晋也の言葉を受けて、彼――左京が自己紹介をした。そういえば京都では互いに名乗りもしなかったのだ。

「警察……」

想定していなかったワードが出てきて蛍は面食らう。彼の獲物を狙う猛禽類のような眼差し、警察官だと聞けば納得だ。

「ヤクザでもチンピラでもないけれど遠くない存在、そういう意味だったんですね」

「まぁな。しかも俺は、つい最近まで警視庁の組対に在籍してたから」

「組対？」

「組織犯罪対策部の通称ですね」

蛍の疑問に答えてくれたのは晋也だ。その名のとおり、国際的な事件や暴力団などの犯罪組織が関与している案件を担当するらしい。

「暴力団対応をする部署は、マル暴なんて呼ばれ方もされますね」

晋也がそう付け加えた。

「インテリヤクザじゃなかったんだ」

思わず漏れた蛍の本音に、左京はクッと皮肉げな笑みを浮かべた。

「俺たちより、彼らのほうがお上品かもしれない」

「菅井さんは警察庁所属のキャリア官僚で、警視庁の組対には出向という形で在籍されていたそうです」

晋也がそう補足した。

(警察官僚……ヤクザよりはマシかしら)

とりあえず左京が関わってはいけない類の人間ではなかったことに少し安堵する。

もっとも政治家や官僚は決して正義の味方なんかじゃない。

蛍はあらためて左京を見据えた。胸の前で腕を組み、椅子の背もたれにどっしりと体重を預けている。よくいえば堂々と、悪くいえば威圧的。警察のキャリア組はかぎられた選ばれし者なのだと聞いたことがある。

彼の背景は容易に想像ができた。

裕福な家庭、ずば抜けた頭脳、どんな場でも主役になってしまう圧倒的な美貌……菅井左京はすべてを持って生まれてきた男に見えた。

(でも現状で満足する人間でもないのね)

もう十分に高い場所にいるのに、まだのぼろうとしている。この瞳のギラリとした光は飢えからくるものだと思った。頂点に立つまで、彼は決して満たされない。おそらく左京だけじゃない。政治家や官僚はそういう人間の集まりだ。いや、きっとそうでない者は一瞬で振り落とされて残らないのだろう。

困惑した様子で、晋也は左京に顔を向ける。

「私はここでおふたりを引き合わせる予定でいたのですが、どうしてご一緒に?」

蛍と同様に、彼もこの状況を理解しきれていない様子だ。左京が先ほどの尾行男についてザッと説明する。

「新宿駅の前で彼女を見かけました。写真は数日前に確認させてもらっていたから、大槻蛍さんだとすぐにわかった。声をかけるか迷っている間に、彼女が妙な男に尾行されているのに気がついたので一緒に逃げてきました」

「尾行⁉」

晋也が前のめりになったので、椅子がガタンと音を立てた。

「いったい誰が……」

「おそらく、如月さんが想像している相手で正解でしょうね」

晋也と左京の視線がぶつかる。だが、ふたりはそれ以上には言葉を発さず黙った。

完全に蛍だけが置いてけぼりだ。

「お願いだから、私にもわかるように説明してください」

その訴えで、ようやく晋也が一から話をしてくれた。

「実は……彼、左京さんに蛍さんのボディガードを頼みたいと考えているんです」

「ボディガード？　なんのためにですか」

ごく普通のOLである自分にそんなものが必要とは思えない。

「蛍さんのお父さま、海堂先生がちょっと厄介なトラブルに巻き込まれておりまして」

蛍が治郎の娘だと聞いても左京は顔色ひとつ変えない。おそらく事前に晋也が話していたのだろう。

（京都で会ったときも……知っていた？）

気になるが今は晋也の話を聞くべきだと思い、その疑問を口にするのは控えた。

「蛍さんは『赤霧会』という名前をご存知ですか？」

「あかぎり？」

思い浮かぶものはなく蛍は小首をかしげた。

「もともとはそれなりに大きな暴力団だったが自滅に近い形で弱体化してな。今は残党だけの小規模な組織だが、そのぶん先鋭化している。裏社会のなかでもとくに狂暴で危険な存在だ」

左京が補足してくれたが、聞いたことがあるようなないような……蛍の認識はその程度だった。

「その赤霧会と海堂さんの間にトラブルが起きているんですか？」

意地でも〝お父さん〟とは言いたくないので、蛍は彼を名字で呼ぶようにしている。

蛍の質問に晋也は不本意そうにうなずいた。

黒い付き合いがバレたとか、そういうことだろうか。昨今の暴力団排除の勢いはすさまじいので、一緒に写っている写真一枚でも政治家としてはおしまいだろう。

（だとしても自業自得よね）

同情する気などさらさら起きない。

「海堂先生には反社会的勢力との付き合いなどありません。それは蛍さんにも信じてほしい」

晋也の目が切実なので、蛍は渋々首を縦に振る。

「わかりました。でも、それならどうして？」

答えたのは左京だ。

「赤霧会の大きな収入源のひとつが違法賭博だ。オンラインカジノや地下賭場でかなりの利益を得ている」

賭けごとは競馬や宝くじのような公営のもの以外は禁止。蛍の知識はその程度で、違法賭博がどういうものなのか詳しくは知らない。なので黙って話を聞く。

「だが、与党はこの違法賭博への規制をさらに強める方向で動いていてな。公営カジノ構想などもあるし……。国としても暴力団の資金源は可能なかぎりつぶしたいんだ」

ようするに赤霧会には嬉しくない状況なのだろう。

与党はここ十年以上ずっと、海堂治郎も所属している『立憲平和党』だ。

今度は晋也が口を開いた。

「海堂先生はこの取り組みの中心人物です。おそらく赤霧会はそれを邪魔したくて、嫌がらせを仕掛けているのでしょう」

晋也の話によると治郎の事務所付近に黒塗りの不審な車が停まっているなど、脅しじみた嫌がらせがあったそうだ。

「海堂治郎は当然警察に相談しているが、向こうもそこは巧妙でな。はっきりと赤霧会を匂わせるまではしていないんだ。だから警察も、現状では警戒しかできない」

つかまえる証拠がないという意味だろう。

ようやく状況が見えた。

(つまり、あの人の身が赤霧会という暴力団に狙われていて危険なのね)

蛍は晋也に顔を向け、きっぱりと告げる。

「如月さんや海堂さんが大変な状況だと理解はしました。同情しますし、心配もしていますもっとも蛍が心から心配しているのは晋也だけだ。左京が同席していなければ、治郎の秘書などやめて転職するよう頼んだかもしれない。

「でも、私とはなんの関係もありません。私は……海堂治郎の娘じゃありませんから」

硬い表情で蛍はつぶやく。

海堂治郎の子は息子がひとりだけ。世間はそういう認識だし、蛍が海堂家の一員とみなされたことなどこれまで一度もなかった。

(こういう話を聞かされるのも初めてだわ。なぜ今回にかぎって?)

政治家にトラブルはつきもの。似たような話は今までにもあっただろう。でも、蛍はよくも悪くもずっと蚊帳の外だったのだ。

「その……蛍さんのお気持ちもわかりますが、海堂先生はあなたをきちんと娘として大切に思って」

歯切れの悪いフォローをする晋也を遮って、左京が蛍と目を合わせる。

「単刀直入に言おう。海堂治郎の隠し子である君も赤霧会のターゲットだ。治郎に対する人質になりうる人物としてな」

「私が⁉」

「そうだ。京都でも今も……君を尾行していたのは赤霧会の関係者だと推測される」

「どうして……」

　呆然とつぶやいたが、答えはもうわかっていた。蛍は俗にいう隠し子だが、海堂家の親族や治郎の所属する立憲平和党の幹部など、一部の人間は承知している話。赤霧会はそのうちの誰かから情報を得たのかもしれない。

　親子とも呼べない希薄な関係なのにどうしてこんなときばかりと怒りが湧くが、晋也や左京に文句を言っても仕方ない。蛍はどうにか怒りをこらえて冷静に話の続きを待つ。

「海堂家に手を出すのはそう簡単ではないし、出したらかなりの大事になる。それは赤霧会だって承知している。となると……狙いやすいのは隠し子で、世間的にはごく普通のＯＬである大槻蛍」

　左京は淡々と恐ろしい内容を口にする。

「君を探っていたのはライフスタイルや交友関係を把握するためだろうな。もっとも一般人の君に対して、いきなり凶行に及ぶほど彼らも馬鹿じゃないと思うが」

　郵便物の紛失、京都での出来事、マンションの下にいた男、そして先ほどの尾行、すべて赤霧会の仕業だったのだろうか。想像以上に自身の身が危険にさらされていると理解して蛍は青ざめた。背中を冷や汗が伝う。

「海堂家の人間じゃないから、私は危険なんですね」

治郎の隠し子だから狙われているのに、正式な娘でないから誰も守ってはくれない。

あまりの理不尽さに蛍の声はかすかに震えた。

左京はじっと強い瞳で蛍を見据える。

「残念ながらそのとおりだ。だから俺がここに来た」

左京は席を立ち、蛍の前まで歩いてきた。つられて蛍も立ちあがる。

「警察の矜持にかけて、君のことは必ず守る」

真剣な瞳に心臓がドクンと小さく跳ねた。『守る』なんて言われたのは初めてで、どうにもくすぐったい。

「しばらくの間、菅井さんに蛍さんを護衛していただきます。よく知らない人と暮らすのは窮屈でしょうが、赤霧会は本当に危険なので……」

だが、続いた晋也の台詞で蛍はすぐに我に返った。自分の耳を疑う。

(よく知らない人と暮らす?)

「い、今なんて?」

ぐるんと首を動かして晋也を問いつめる。彼は困ったように視線をそらし、後頭部をかいた。

「非常に申しあげづらいのですが……蛍さん、どうか菅井さんと結婚していただけないでしょうか」

蛍の顔が凍りつく。その後の晋也の言葉は正直よく聞き取れなかった。

千代田区。霞が関からほど近い場所にあるラグジュアリーマンション。ここで左京はひとり暮らしをしているらしい。

中華レストラン翡蓉楼での食事を終えたあと、左京に半ば強引に連れてこられた。目的はおそらく……蛍の説得だ。彼は『ふたりでじっくり話したいから』と言って晋也を帰してしまった。

ものすごく高い天井にきらめくシャンデリア、立派なアレンジメントフラワーの飾られたエントランスからエレベーターに乗った。マンションというより高級ホテルのような造りだ。彼はカードキーをかざして最上階のボタンを押した。

「セキュリティに関しては安心していい。同フロアの部屋はすべて菅井家で所有していて、今は俺しか住んでいないから不審者が紛れる心配はない」

さらりとセレブな発言が飛び出たが、自分には関係のない話……と信じたい。

（身を守るためとはいえ結婚⁉　ありえないわ）

『左京さんのおじいさまは元警察庁長官。菅井家は警察官僚を代々輩出する名家です。裏社会の人間からすれば、もっとも怒らせたくない相手でしょう』

その菅井一族である左京の妻という立場を得れば、赤霧会も蛍に易々とは手が出せなくなる。晋也は結婚の理由をそう説明した。

父である治郎から菅井家に依頼があり、一族のなかで適任だと左京の名前があがったそうだ。ようするに、海堂家は表立って蛍を守る気はないから、その代わりを左京が務めるという話のようだ。

『蛍さんさえ承諾してくだされば、海堂治郎の隠し子が菅井家に嫁入りするという情報をすぐに赤霧会の耳に入るよう流します』

晋也の主張もわかるが、もちろん即座にイエスとは言えなかった。

赤霧会に狙われている事実も、よく知りもしない男との結婚を迫られていることも悪夢としか思えない。早く覚めるよう願って、無駄にゴージャスなエレベーターのなかで蛍は自分の頬をムギュッとつまんだ。が、ちゃんと痛みがあり、これは現実なのだと再認識する結果に終わった。

左京の部屋は信じられない豪華さだったが、驚くほどに生活感がない。

リビングルームの南側は全面がガラス張りになっていて都心の夜景が見渡せる。その景色を眺められるように設置された革のソファセットは、十人くらいなら余裕で座れそうな大きさだ。シックな調度の数々、ピカピカのアイランドキッチン。まるで――。

「モデルルームみたい」

思わずつぶやくと、彼はふっと笑った。

「散らかすほど家にいないからな」

官僚は多忙だと聞く。彼もそうなのだろう。

「そこに座って」

彼は蛍にソファに座るよう促した。自分は冷蔵庫を開けて、五百ミリリットルのペットボトルのお茶をふたつ持ってきてテーブルの上に置く。

「悪いがこれでいいか？　もらいものの茶葉がどこかにあると思うんだが、しまった場所を思い出せない」

かなり雑な暮らしぶりをしているようだ。蛍は礼を言ってお茶を受け取る。

蛍の隣、といってもあいだにひとりぶんの距離を開けて左京も座った。

「警察庁にお勤めとおっしゃっていましたよね」

彼の仕事に興味はないし世間話をする気分でもないが、沈黙も気づまりだ。彼もいきなり本題に入るのはどうかと思ったのだろう。世間話にのってきた。

「そう、最近警視庁から戻ってきてね。現場を離れたから、今後はこの家にも多少の生活感が出るかもな」

キャリアである彼の所属は警察庁。キャリア組はそこから警視庁や地方県警に出向する仕組みになっているそうだ。警察庁は全国の警察組織を管轄するのが仕事なので、事件捜査などで現場に出向く機会は減る。警視庁の組織犯罪対策部から戻ってきた左京としては、現場を離れたという認識になるらしい。

「といっても暇になったわけじゃないがな。お役所仕事ばかりで、精神的には組対よりきつい」

左京はつまらなそうにぼやいた。ドラマや小説のイメージからキャリア組は事件には関心が薄いのかと思っていたが、彼はいわゆる現場が好きなのだろう。口ぶりからそれが伝わる。

チラリと蛍を一瞥して彼は苦笑いを浮かべた。

「厄介な案件も引き受けることになったしな」

「そう思われるなら断ってくださって結構です。というより、そうしてもらえると私も助かるのですが」

蛍はばっさりと返す。

「ずいぶん嫌われたようだな」

海外ドラマの登場人物のように、彼は降参のポーズで首をすくめた。

「好き嫌いの問題ではなく、私……他人と暮らすとか絶対に無理です。まして結婚なんて」

「奇遇だな。俺も同じ考えだ」

左京の瞳が楽しげに細められる。

「でしたら！」

「──死にたいのか？」

地を這(は)うような重い声に蛍はドキリとする。いつの間にか左京の目が真剣になっていた。

「暴力団は世間から蛇蝎(だかつ)のごとく嫌われている。あいつらもそれは理解しているから、文字どおり裏社会を生きているんだ。表には表の、裏には裏の秩序があって、交わらないようになっている。善良に暮らしていれば、まず関わり合いにはならない」

口を挟める雰囲気ではなく蛍は黙って続きを待つ。

「だが赤霧会のトップ、犬伏（いぬぶし）という男は危険だ。目的のためなら表の世界をめちゃくちゃにすることも平然とやってのける」

「犬伏？」

「あぁ。あいつは君の命などどうとも思わない、そういう男だ」

キュッと心臓をわしづかみにされた心地がした。背筋がスーと冷たくなる。脅しならまだいい。そうじゃないとわかるから余計に恐ろしい。

蛍は自分を抱き締めるようにして身を縮めた。

（私だって命は惜しい）

治郎のせいで怖い目にあうなど、まっぴらだ。

（だからといって、彼と暮らせる？）

左京と視線がぶつかる。

「ふたつ、聞きたいのですが」

蛍の言葉に彼は「どうぞ」と短く答えた。

「私たちが京都で会ったのは偶然ですか？　それとも最初から私を海堂治郎の隠し子だと知っていた？」

「いや。俺が京都に行ったのは警視庁で担当していた仕事の引き継ぎのためだ。君の話はまだ聞いておらず、顔も名前も認識していなかった」

そういえば先ほど、蛍の写真を確認したのは数日前だと言っていた。ここで彼が嘘をつく理由はなさそうだ。

「職業柄、怪しい人間はついチェックしてしまうからな。君より先にあのカップルが目についた。具体的にはあのふたりは恋人じゃないなと直感した。なぜ恋人のふりをしているのか……気になって観察していたら理由もわかった」

「怪しまれないように私を尾行するため、だったんですね」

「だろうな。ま、あまりうまい尾行ではなかったが」

（つまり、京都では純粋な善意で助けてくれたのね）

「それなら今さらですが……京都では助けてくださってありがとうございました」

蛍がぺこりと頭をさげると、彼は意外だとでも言いたげに目を瞬いた。

「驚いた。もっと強情で面倒なお嬢ちゃんかと思ったよ」

彼は三十四歳だと聞いた。十歳も離れていないのに、ずいぶんと子ども扱いされている。それから彼は「あぁ」と納得したように口元を緩ませた。

「意地っ張りになるのは、父親が絡む場合か」

図星を突かれて蛍は思わずムッとした顔になる。どうしても納得いかず、勇気を出して彼に訴えた。

「そうやって人の内面にズカズカ踏み込んでくるのは、やめていただけませんか？」

「悪い。職業病なんだ」

ちっとも悪いなどとは思っていない顔で彼はニヤリとする。

「正当化するのも卑怯です」

蛍は負けじと言い返す。左京はおかしそうに目を細めた。

「いいな。仕事絡みとはいえ嫌いなタイプの女と暮らすのは苦痛だと思ってたが、君は俺の好みだ」

「なっ……」

動揺して声が裏返った。それをごまかそうと蛍は早口に続ける。

「あなたの好みなんか聞いていません」

「ははっ」と声をあげて左京は笑った。初めて見るうわべじゃない笑顔。恐怖と困惑と、色々な感情でこわばっていた心が少しほぐれていく。

「ひとつ目の質問の答えはこれでいいか。ふたつ目は？」

聞かれて、蛍はやや言いよどむ。

「ふたつ目はその……さっきホテルの前で……」

「あぁ。キス？」

　蛍が羞恥で口にできなかった単語を彼はあっさりと言ってのける。蛍は視線を床に落としながらどうにか言った。

「はい。あんなの、必要ありましたか？　セクハラだと思うのですが」

　尾行男を騙すためという理由は理解している。なので百歩譲って唇が触れただけなら許す。けれど、彼はそれ以上のことをしてきた。

「これからホテルに入ろうってカップルのキスなら、あんなもんだろ」

　悪びれもせず左京はけろりと答える。

「で、でも……」

　納得いかない顔をする蛍を見て、彼は少し反省したようだ。

「まぁ、そうだな。君はさっき素直に礼を言ってくれたしな」

　左京は軽く腰を浮かせて居住まいを正した。

「演技とはいえ悪かったよ。君の大事な〝初めて〟を奪って」

　彼にしては真摯な表情で頭をさげてくれたが、火に油を注いだようなもので蛍の怒りは余計に増した。

「は、初めてって。詮索しないでほしいとたった今、伝えたばかりじゃないですか」

「詮索もなにも……誰でもわかる。あんなに下手なキスは初めてだ」

シレッとしている左京に蛍はますます腹を立てた。

(やっぱりこの人と暮らすのは、どう考えても無理！)

勢いのまま蛍はソファから立ちあがる。

「とにかく、今日は帰らせてください。ボディガードも結婚も、ひとりでじっくり考えたいので」

彼との結婚を受け入れる勇気もないが、突っぱねる度胸もまたなかった。赤霧会は怖いし命も惜しい。ひとりになってよく考えたかった。

踵を返そうとした蛍の手首を、彼がつかんで引く。

「それは認められない」

「えぇ？」

「資料を見せてもらったが、君のマンションはセキュリティが甘すぎる。あんなところにひとりじゃ、拉致してくれと言っているようなものだ」

日本がそんなに恐ろしい国だったなんて聞いたこともない。

「戸締まりはしっかりしますから」

「そういうレベルの話じゃない」

左京の声に怒気が交じる。それが伝わってきて、蛍はビクリと身体を揺らす。

「座って」

口調は穏やかだが、あきらかに命令だった。普段から大勢の人間を従えている者だけが持つ特有の圧に逆らえず、蛍は黙ってソファに戻る。

左京の顔つきがこれまでよりずっと厳しいものに変わっている。まるで容疑者を尋問する刑事のよう。

「まず、海堂家から結構な金をもらっているんだろう。なぜもっといい部屋を借りていないんだ？」

晋也は彼に、だいぶ蛍の内情を話しているようだ。

「あの人のお金にはできるだけ頼りたくないんです。頼ったら憎むこともできなくなるから……。くだらない意地なのはわかっていますけど」

馬鹿だと思ったのだろうか。左京は目をみはった。それから彼の唇がゆっくりと弧を描く。

「くだらないが……その意地の通し方は嫌いじゃないな。同じ意地っ張りとして共感するよ」

柔らかな笑みに目が吸い寄せられた。綺麗で、どこか寂しげな笑顔だった。

「それはどうも」

「俺は俺の意地をかけて君を守らなきゃならない。だから、あのマンションに帰るのは認められないんだ」

沈黙が落ちる。蛍が唇を引き結んだままなのを見て、彼は攻め方を変えることにしたようだ。命令から説得へ。

「事前にもらっていた情報によると、君は二十六歳だったよな？」

「はい」

「では十分に大人だ。ここからは少し真面目な話をしようか」

彼は組んでいた腕をほどき、自身の膝の上に置く。長い話になるのだろうか。蛍も息を吐いて、背もたれに身体を預けた。

「海堂治郎。君にとってはクソみたいな父親かもしれないが……彼が政治の中枢にいるのは疑いようのない事実だ。少なくとも今はな」

「そう、ですね」

「彼の言動の影響力ははかりしれない。発した言葉ひとつで国が動く可能性もある」

蛍は小さくうなずいた。

「赤霧会の目的はまだはっきりとはしていない。だが、たとえば君を人質にして海堂氏に要求を突きつける。違法賭博の規制強化をやめろ、とかな」

「あの人がそんな要求を素直にのむとは思えませんが――」

蛍の言葉に左京の重い声がかぶさる。

「赤霧会のような反社会的組織が海堂治郎を揺さぶることができる。その時点で大問題なんだよ。俺たち警察はそんな暴挙を指をくわえて見ているわけにはいかない」

彼の主張は理解できる。警察は赤霧会が勝手をすることも、それによって治郎――ひいては政治が揺らぐのも断固阻止したいのだろう。

「私が我を通すと、警察も政界も困るんですね」

「そのとおりだ。ついでに言えば、一番困った状況になるのは君だと思うぞ」

「うっ」

蛍個人としては納得できない点も多いが、イエスと言わざるを得ない状況かもしれない。

「……同居も結婚も私のメリットは理解できました。でもあなたは？　官僚は仕事のためなら結婚までするんでしょうか」

いくら高給取りだからといって、そこまでしなくてはならないのだろうか。

「君の件はプライベートとして引き受けている。霞が関の人使いの荒さは事実だが、さすがに結婚を強要するほどブラックじゃない」

「……プライベート」

オウム返しにつぶやいた。

(ではボランティアみたいなもの?)

頭のなかにますます疑問符が増える。菅井左京という男は、そんなお人好しには見えない。むしろ冷徹で合理的、真逆の人間だと感じる。

「あなたはなにが目的で、この話を引き受けたんですか?」

眉をひそめた蛍に、彼はクックッと肩を揺らす。

「たった今伝えたつもりだったがな。海堂治郎は国家の重要人物だ。その彼に大きな恩を売れる、君のボディガードとして俺の名があがって幸運だった」

「……出世のため?」

「もちろん」

彼はにこやかに笑む。

「同居だけならまだしも、結婚。戸籍に残るんですよね?」

「婚姻届は提出するつもりだ。同居だけでは、その事実がどこからか流出したときにまずい。あのキスを赤霧会の人間に見せつけたのも、偽装結婚を見破られないようにするためだ」

そこで彼は言葉を止め、からかうような目で蛍を見た。

「年頃の女性に偽りの結婚を強要するのは酷かなとも思ったが……幸い君は俺と同じみたいだから」

「同じ？」

「そう。恋愛にも結婚にも興味がない」

「たしかにそうですけど」

意識して彼から目をそらした。この瞳につかまると、ノーとは言えなくなる気がしたから。

「なら、なにも問題ない。すべて解決したら離婚すればいいさ」

結婚も離婚も左京が語ると、ものすごく軽いものに思える。彼は気にしないのだろうと薄々理解しながらも一応聞く。

「戸籍にバツがつきますよ？　それで君の父親に貸しをつくれるなら大歓迎だ」

左京はもう覚悟を決めている。いや、もとより悩みもしなかったのだろう。あとは蛍が答えを出すだけだ。

「でも結婚って……」

蛍の顔が曇る。左京ほどお気楽には考えられない。

「あぁ。興味ないってのはポーズで、本当は運命的な結婚に憧れでもしてた？」

揶揄するような左京の口調に思わずムッとする。

「していません！」

挑発にのせられたと気がついたのは、そう言い返したあとだった。

「なら決まりだな」

彼は大きな手を差し出す。

「君は自分の身を守るため、俺は出世のため。俺たちはいい夫婦になれる」

完全に退路を塞がれた蛍は、渋々ながらその手を握り返す。

「……よろしくお願いします」

偽りの結婚が成立した瞬間だった。

「こちらこそ」

ニヤリとする左京を見ていたらふと気になって、蛍は尋ねる。

「もうひとつだけ質問してもいいですか？」

「どうぞ」

「私がバレエをしていたと、どうしてわかったんでしょうか」

京都で彼に言い当てられたのだ。あのときは蛍の素性など知らなかったはずなのに、なぜだろうか。

「あぁ」

彼は楽しそうに笑い、「ちょっとそこに立ってみてくれ」と言った。蛍はソファから腰をあげて彼の前に立つ。

「それ」

ネイビーのタイトスカートからのぞく蛍の膝を彼は指さした。

「そうやって膝を外に向けるのは、クラシックバレエを習っていた人間の癖だと聞いたことがあってね」

言われて蛍はハッと自分の足元を見る。踵(かかと)をぴったりとつけてつま先を開いた状態、バレエでは一番ポジションと呼ばれる形になっていた。ちなみに膝を外に向けるのはターンアウトといって、これもバレエでは基本の姿勢だ。

(長年の癖って抜けないものね)

まっすぐに立てと言われると無意識にこの姿勢をとってしまうのだ。京都でもそうしていたのだろう。

「警察の方って、そんなところまで観察するんですね」

「いや。あのときは綺麗な脚だなと自然と目がいっただけだ」

蛍の頬が赤く染まる。

「セ、セクハラです！」

三章　不本意ながらエリート警視正の妻になりました

こうして奇妙な同居生活が幕を開け、二週間以上が過ぎた。

左京のマンションは広々としており、ゲストルームがふたつもあった。そのうちのひとつ、左京の寝室の隣を彼が蛍の部屋として整えてくれた。家具やファブリックはもともとこの家にあったものだ。アイボリーを基調にしたインテリアはシンプルで蛍好みだし、ふかふかの高級ベッドも寝心地がいい。

キッチンやバスルームも最新の設備が揃っており、こんな状況にもかかわらず少しワクワクしてしまった。

火曜日の夜九時。すっかりお気に入りになったミストサウナつきのバスルームから出て、蛍は自室に戻る。

ブラウンカラーのひとりがけソファに腰かけて、ふぅと息を吐いた。

(新居を探す手間がはぶけたのは、よかったといえるかしら)

更新を迷っていた蛍のマンションは赤霧会に知られてしまったという理由で左京に解約をすすめられ、そのとおりに手続きをした。もとの部屋から必要なものを持ち出すときには、左京ともうひとり屈強なボディガードがつき厳戒態勢だった。

(でも、もうほかには帰る場所がないと思うと複雑かも)

左京のいるこの場所が自分の家とはまだ思えない。

とはいえ、人間は慣れる生きものだ。蛍も少しずつこの生活になじんではいた。

いつ解決するかもわからない以上、仕事は休めない。そこは左京を説得して通勤の許可はもらった。ただし、会社への行き帰りは菅井家の運転手による送迎つきだ。買いものはネットショッピングを利用し、ひとりでの外出は原則禁止。

(ちょっと窮屈だけど仕方ないか。命には代えられないもの)

『部屋は別々、食事もそれぞれで構わない。必要以上の干渉は避けて互いにストレスなく過ごそう』

左京とは最初にそう約束していた。言葉どおり、彼は蛍の生活にほとんど干渉してこない。平日は互いに仕事があるので『おはよう』『おかえりなさい』のあいさつを交わすくらい。同居を開始して最初の週末はもとのマンションに行くのに付き合ってもらったので一緒に過ごしたが、先週末は互いの部屋で過ごしていてあまり会話もなかった。次の週末も同じだろう。

夫婦とは名ばかりで、ふたりの関係は〝同居人〟でしかない。

（でも多分、私の安全を気遣ってくれてはいるのよね）

官僚は多忙だと噂に聞いていたけれど彼の帰宅は想像していたよりも早いし、週末を自宅で過ごしてくれたのも蛍の身を案じたからだろう。できるだけ蛍のストレスにならないよう、でも安全は確保するという彼の意思は伝わってきていた。

（お礼を言うべきかな）

左京の顔を思い浮かべたところに、コンコンと部屋の扉がノックされたので蛍は「ひゃあ」と変な声をあげてしまった。

「俺だ。帰宅しているか？」

左京の声だ。彼がこの部屋まで来て、声をかけることは初めてじゃないだろうか。

「はい、帰っています」

蛍は急いで扉を開ける。帰宅したばかりのようで、まだスーツ姿の彼が立っていた。

「少し話をしたいんだが、いいか？」

ダイニングテーブルを挟んで向かい合わせに座る。彼が警察官と知ったからか、こうして対面すると少し緊張感を覚える。それを感じ取った左京が弱ったように笑う。

「別に取って食うわけじゃない。リラックスしてくれ」

「は、はい」

「君がここで暮らしはじめて二週間くらいか？　困っていることや不都合はないか、確認しておきたいと思って」

かすかに頭をよぎった赤霧会絡みのトラブルではなかったことに、ホッと胸を撫でおろす。と同時に、左京が想像していたよりずっと親切だという事実に戸惑いもする。

（出世のため、とか言うからもっと嫌な人かと思っていたのに）

「大丈夫です。この家は快適ですし、私はもともとインドア派なので」

出歩けないストレスはさほど感じてはいない。

「むしろ、菅井さんのほうがストレスなんじゃないでしょうか。その、私がお仕事の邪魔になっているとか」

無理して早く帰宅しているのではないか、蛍は思いきってそう聞いてみた。

「あぁ。君の護衛はあくまでもプライベートのつもりだったが、赤霧会絡みなら……と職場も配慮してくれることになった。だからその点は心配いらない」

「そうなんですね」

「鬱陶しいだろうが、可能なかぎり蛍のそばにいるつもりだ」

当然のように『蛍』と呼び捨てされるのにまだ慣れなくて、ややたじろぐ。

（なんでドキッとするのよ！）

「い、いえ。感謝しています」

左京がそばにいてくれるだけじゃない。必要になれば電話一本で駆けつけてくれるボディガードも契約されていた。ここまでしてもらえれば、赤霧会の恐怖も多少は薄れる。

「左京さんの職場の方々は、私たちの事情をどこまでご存知なんですか？」

蛍が治郎の隠し子である事実、自分たちの結婚の事情、すべて把握しているのだろうか。

「俺たちの結婚の本当の理由を知るのは海堂家、菅井家、それと警察庁での俺の上司だけだ。赤霧会も含め、それ以外の人間にはごく普通の見合い結婚と説明してある」

「なるほど」

「ただし海堂氏の隠し子、蛍の存在については霞が関ではもともと知っていた人間も多い」

左京の職場関係者、つまり警察官僚の上層部は認識していたようだ。一般には知られていない、上流階級だけの暗黙の秘密は案外たくさんあるのかもしれない。

「菅井さんが海堂治郎の隠し子と見合い結婚をした、と警察庁のみなさんや赤霧会は思っているんですね」

　左京はうなずく。

　彼の話によると、海堂家と菅井家には以前から浅からぬ付き合いがあったようで、ふたりの結婚はさほど驚かれるものではなかったらしい。左京が貧乏くじを引いて厄介者の蛍を引き受けた。周囲はきっとそんなふうに見ているのだろう。

「海堂氏に恩を売りたくて結婚を決めたんだろうと、嫌みを言われてはいるがな」

「……それはどこも間違っていませんよね」

　蛍が冷たい眼差しを送ると、彼はクスリと笑みをこぼした。

「まぁな。そういうわけだから、蛍も信用できる人間以外には裏事情は黙っておいてくれ」

「今のところ誰にも話すつもりはありません」

　相談するとすれば相手は美理しかいないけれど、なにをどう説明すればいいのか自分でも全然整理できないのでとうぶんは無理そうだ。

（それに余計な心配はかけたくないし）

　ふいに、彼が思いついたように尋ねてきた。

「一応聞くが、結婚式や新婚旅行はなしでいいか？」

蛍は思わず苦笑する。

「すぐに離婚するのに、ご祝儀をいただいたら詐欺になってしまいますよ」

「それもそうだな」

だいたい左京と結婚式や新婚旅行なんて想像もできない。彼にはタキシードもハワイも全然似合わないだろう。

（それは私もか）

結婚という単語がもっとも似つかわしくない者同士が夫婦になろうとしているのだ。なんだかおかしかった。

「そうだ。今週の金曜日なんだが、俺は以前の休日出勤の振り替えで休みになった。婚姻届を提出しに行こうかと考えているんだが……もし休みが取れそうなら、君も一緒にどうだ？」

婚姻届には先日、驚くほど軽いノリで互いにサインは済ませてあった。『保証人は適当に頼むし、仕事のついでに出しておく』と左京が言うので任せたつもりだったが……。

「私も一緒に？」

彼にしては、ややためらいがちに口を開いた。

「あー。家のなかにこもりきりだと気がめいるだろう。つまりな、気分転換を兼ねてという誘いだ。もちろん仕事が忙しいようなら無理はしなくていいが」

「いえ、仕事は午後からの半休なら大丈夫だと思いますが」

役所に行くための半休なら許可は取りやすい。けれど、左京の台詞は蛍にとって意外すぎるものだった。

「気がのらないか？」

「そんなことはありません。ただ、菅井さんがそんな優しいことを考えてくれていたとは思ってもいなかったので」

蛍の失礼な発言に彼は眉根を寄せた。

「普段はともかく、君に対してはこれでも親切にしているつもりだったが」

ぼやくような口調がおかしくて、蛍の表情も自然とほころんだ。

「でも出歩くのは危険じゃないんですか」

仕事はやむを得ないが、それ以外はあまり出歩かないようにと晋也からも頼まれている。

「赤霧会をマークしている組対時代の同僚から情報を流してもらっているんだが、俺たちの結婚が伝わったせいか赤霧会は蛍に対して二の足を踏んでいるようだ」

「ほ、本当ですか？」

ターゲット変更を画策しているらしく、与党の別の人物なども探っているらしいと彼は教えてくれた。

守秘義務のためか別の人物の名前までは明かしてくれなかったが。

（じゃあ、この同居生活からの解放も近い？）

晴れやかな表情になった蛍に釘を刺すように、左京は顔をしかめる。

「考えていることはよくわかるが、それを実行したらまた君がターゲットになるだけだぞ」

「うっ、たしかに」

蛍はしょんぼりと肩を落とす。

「そういうわけでこの生活はまだまだ続く。赤霧会への警戒を緩める気はないが、君も多少の息抜きが必要だろう」

まっすぐで真剣な眼差しが蛍を射貫く。

「俺がそばにいるかぎりは必ず守ってやる。だから心配しなくていい」

「ありがとうございます。では、ご一緒させてください」

「とはいえ、安全を考えるとそう自由には動き回れない。プランは俺に任せてもらっていいか？」

「……はい、お願いします」

答える蛍の語尾は消え入るよう。それを怪訝に思ったらしい左京が、顔をのぞいてくる。

「どうかしたか？」

「別に。なんでもありません」

かぁと熱くなった顔を慌てて背ける。

（プランってデートみたい……なんて、一瞬でも考えたことは絶対に言えない）

これまで知らなかった胸のざわめきをどう扱っていいのかわからず、蛍は困惑するばかりだ。

そして迎えた金曜日。同僚と比べても蛍は有給休暇を余らせ気味だったので、上司はこころよく半休を受け入れてくれた。午前の仕事を終えた蛍は一度帰宅して、左京と一緒に部屋を出る。気温は低いものの快晴で、気持ちのいい午後だ。

蛍はオフホワイトのツイードワンピースにモスグリーンのウールコート、彼のほうは黒のニットにグレーのチェスターコート。長身なのでロング丈のコートがさまになっていて、雑誌からモデルが抜け出てきたよう。ヘアセットの雰囲気もいつもと異なりカジュアルだ。

私服姿はとても新鮮に感じる。

(こうやってあらためて見ると、ものすごい美形よね)

腕のいい彫刻家の作品のような、完璧なバランスの横顔をまじまじと眺める。美麗な顔立ちなのにしっかりと男らしく、なによりもふとした仕草から漏れ出る色気がすごい。

(会社の女の子たちはみんな、営業の大園さんが素敵だと口を揃えるけど……山下さん辺りは菅井さんに会ったらコロッと心変わりしそうだな)

長身イケメン、名家の生まれでエリート官僚。左京は唯がいつも語っている理想を体現したような男だ。

(モテるよね、きっと。なんで恋愛や結婚に興味がないのかな)

蛍は特殊な生い立ちが影響しているが、彼にはなにがあるのだろう。

「なんだ、俺の顔になにかついてるか？」

ふいに顔を近づけられて、ビクリとする。

「いえ、なんでも」

自分が左京を詮索しようとしていた。その事実に驚く。

(すぐに他人に戻る相手よ。知る必要はない)

「おいで」

グンと彼に手を引かれる。繋いだ手から伝わる熱のせいで、蛍の体温も少しだけ上昇した気がする。


彼が運転する、ダークブルーのドイツ車で最寄りの役所に行き婚姻届を提出した。

駐車場に戻ってきて運転席に座ると、左京は細く息を吐いた。

「思っていたより、呆気ないもんだな」

同感だった。職員は転居届の書類を受け取るときとなんら変わらない態度で、婚姻届も淡々と処理していた。

京都で結婚した美理たちは『おめでとうございます』と祝福され、写真を撮ってもらったと言っていたから、地域差や個人差もあるのかもしれない。

(こちらとの幸せオーラの差かな?)

そんなふうに考えて、蛍はクスリと笑った。

「職員の対応があまりにもそっけなくないか?」

「呆気なく結婚を決めた人がなにを言っているんですか」

さっきの職員はたしかに熱意がなかったが、左京にだけは責められたくないだろう。

それから、蛍は「あっ」と声をあげた。

「どうした、忘れものでもしたか？」

「離婚届も一緒にもらっておけばよかったかなと思いまして」

ふたりにとって、離婚は赤霧会事件の解決を意味するのでめでたいことだ。願かけの意味合いで、離婚届を手元に置くのも悪くない。

（場合によっては、すぐ必要になるかもしれないし）

「取りに戻りますか？」

同意してくれるかと思ったが、意外にも左京は首を横に振った。

「今日のところはやめておこう。役所の人間に不審に思われるぞ」

そうだろうか。さっきの仕事ぶりを見るかぎり、彼らはそれも事務的に対処しそうなものだが。とはいえ急ぐほどではないし、彼の意見を受け入れる。

「菅井さん、お昼はまだですよね？」

腕時計に目を落としながら聞いた。もう昼の二時前なので、蛍もおなかが空いていた。

「左京」

「え？」

顔をあげると、目の前で彼が苦笑いを浮かべていた。

「蛍も今日から〝菅井さん〟だろ。左京と、名前で呼べばいい」

恋人どころか親しい男友達さえいない蛍は、男性を名前で呼んだことなど一度もない。そんなに急に呼び名を変更できる気がしなかった。

「……ど、努力はしてみます」

「ははっ、それじゃダメな政治家の言い訳だ」

ニヤリと笑って、ふいに顔を寄せてきた。耳元で彼がそっとささやく。

「結果を期待してる」

その声はやけに甘く響いて、蛍の心をざわつかせた。

できるだけセキュリティのしっかりした店という理由で、外資系ホテルのラウンジで昼食をとることにした。ふたりとも軽めにパスタを選んだが、高級ホテルのランチなだけあって、凝った前菜盛り合わせと綺麗なオレンジ色のポタージュスープもついてきた。

「このポタージュ、おいしいです。メインはニンジンで、セロリも入ってるのかなぁ。今度マネしてみよう」

「こんな手間のかかりそうなものを作れるのか、すごいな」

左京が感心したように目を丸くする。

「料理はあまりされないんですか？」

「しない。ではなく、できないが正しい表現だな。俺は得意なものと苦手なもの、落差が激しいほうなんだ」

「あはは。そんな感じがします」

他愛ない会話とおいしい食事。予想以上に楽しい時間となった。

食後のコーヒーが運ばれてきたところで、左京はポケットから封筒を取り出す。

「このあと、夜はこれを観ようかと思うんだが」

言いながら、中身を蛍に手渡す。それがチケットだと認識した蛍の顔が、一瞬でほころぶ。

「よかった。お気に召したようだな」

「さ、最高です！」

恭しくチケットを持ちあげる両手は、興奮でかすかに震えた。

アメリカのバレエ団の公演チケットだ。蛍の好きなバレエ団のひとつで、今回の東京公演も観たかったけれど日程を迷っている間に赤霧会の件が起きて、もう諦めるしかないと思っていた。

「直前だからいい席は取れなかったが、それは許してくれ」

「バレエはどの席からでも違った楽しみ方がありますから」

ダンサーの息遣いまで伝わってくるような最前列はもちろん素晴らしいが、大勢が揃って踊るコールドバレエの迫力は後方の席のほうがより感じられると思う。

蛍は後方席の魅力を左京に力説する。

「あと観客の反応がよくわかるのも後ろの席のいい点です。人気があって次にスターになりそうなダンサーは誰だろうって予想するのも楽しいんですよ！」

「なるほど」

左京の目が優しい弧を描く。

「もう二週間以上そばにいるが、こんなに楽しそうな君を見るのは初めてだな」

「あっ」

少し恥じるように蛍はうつむく。

「すみません。浮かれている状況じゃなかったですね」

左京が蛍に付き合ってくれるのは仕事の延長だ。別に自分とバレエ談義などしたくもないだろう。

「いや。このチケットを取った自分の有能さに感心している」

おどけたように彼が言って、ふたり笑い合った。

（変なの）

彼と穏やかな時間を共有している、この状況が少し不思議だった。おまけに、なんだか楽しんでしまっている。

「公演の時間まではショッピングでもするか」

左京が席を立った。

「菅井さんっ」

振り向いた彼は思いきり顔をしかめる。

「努力ではなく結果を、と伝えたはずだが」

「さ、左京さん」

蛍は渋々言い直す。

左京の表情がやわらぐ。

「なんだ？」

彼に近づきながら言う。

「チケット代をお支払いします。あとランチのぶんも」

財布を出そうとした蛍の手に彼の手が重なる。胸がドキンと小さく鳴った。

「君は俺の妻だ。必要ないだろ」

『俺の妻』、その響きに蛍は固まる。

(いや、間違ってはいないけど……でも!)

左京がふっと笑みをこぼす。

「蛍がやっていたバレエというものを俺が観てみたかったんだ。気にするな」

「あ……では、ありがとうございます」

この場所でいつまでも押し問答を続けるわけにもいかない。蛍は財布を引っ込めた。

「どういたしまして。それに、バレエ鑑賞ならあいつらは入りにくいだろうしな」

『あいつら』は赤霧会の人間を指すのだろう。

「たしかに」

上品なマダムが中心となる観客のなかに、彼らがいたらさぞかし目立つだろう。左京が今日のプランにバレエを選んだのは、そんな理由もあったのかもしれない。

「そういえば、赤髪の男もあれ以来見かけませんね」

さりげなく周囲をうかがいながら蛍は彼にささやいた。左京と晋也と三人で会った日を最後に、赤髪の男らしき人物は見ていない。

「あぁ、だが油断はするな。ひとりのときはとくに気をつけてくれ」

「はい」

公演の会場は渋谷にあるバレエとオペラ専門のホールだ。渋谷なら開始時間までの暇つぶしにも困らないだろうと早めに向かうことにした。

助手席から、蛍は子どものように窓の外を流れていく景色を見つめた。

「おもしろいか？」

「私は運転をしないので。すごく新鮮に感じます」

長く住んだ東京が知らない街のように思える。

「そうか」

柔らかな声で言って、彼はさりげなく運転のスピードを緩めてくれた。蛍が景色を楽しめるよう気遣ってくれたのだろう。

（一緒に暮らすようになってまだ二週間だけど、見かけより優しい人だ）

目つきの鋭さや強い口調の印象から、初めは〝強引な俺さま男〟だと感じたけれど、そんなマイナスイメージは少しずつ薄れつつあった。

(というか考えてみたら、最初からずっと助けてもらってばかりだ)

京都では赤髪男のことを教えてくれた。今だって出世のためとはいえ厄介事を引き受けてくれているわけで、意外と面倒見のいい人なのだろう。

(あの人みたいに自分の野心しか頭にないのかと思っていたけど……)

蛍はおそらく、彼と治郎をどこか重ねて見ていた。

政治家、官僚、上場企業の社長。そういうエリートたちは役に立たない者——蛍を簡単に切り捨てると。

(でも左京さんは違うかもしれない)

「ん?」

左京はチラリとこちらを見て、頬を緩める。蛍の鼓動はまたそのスピードを増した。

「バレエといえば『白鳥の湖』かと思っていたが、これはそういうのじゃないんだな」

夕方六時。会場で手に入れたパンフレットに目を落としながら左京は言う。

「今日の演目はどちらかといえばコンテンポラリーに近いですね。伝統的なクラシックの枠に囚(とら)われない現代的なバレエです」

「へぇ」

席は後方だったけれど、全体がよく見えるいい位置だった。蛍はあっという間に舞台に惹き込まれ、存分に酔いしれた。

（プリンシパルのジョシュア、素敵すぎる！）

今日主役を務めているのは男性ダンサーのジョシュア。若手で伸び盛り、日系アメリカ人ということも手伝ってか日本にもファンが多い。

（重力の魔術師、ぴったりの異名よね）

バレエにかぎらず、ダンスの上達はいかに自分の身体を緻密にコントロールできるかが鍵となるけれど、彼の場合は空間までをも支配しているかのように見える。寸分の狂いもないのにどこまでも自由で、軽やかさと力強さが共存する。

（わ、今の動きだけスローモーションになったみたい）

時の流れる速度すら、彼の思うがまま。

万雷の拍手とともに幕がおりた。

「素晴らしかったですね！」

余韻の冷めやらない、紅潮した頬で蛍は隣の左京に顔を向ける。そこで信じられないものを目にした。

「——え？」

彼はコクコクと船をこいでいるのだ。

「えぇ～!?」

ガヤガヤと賑やかなロビー。出口に向かう観客の群れのなかに、左京と蛍もいた。

（そうよね、官僚は忙しいもの。家でもよく仕事の電話とかをしているし、きっと疲れがたまっていて……）

「でも、だからといって！　あの舞台を前にして寝るってありえないと思うのですが」

一応蛍のなかにも彼をかばう気持ちはあるのだが、口をついて出るのは文句のほうばかり。左京からしたら、ひたすら責められている状況だ。

「言い訳になるが九割はきちんと観ていたんだ。君のアドバイスに従って、次のスターを見つけようと努力もしたが……あの演目は俺には難解すぎた」

左京はおおげさに肩をすくめる。それから少し先にあるカフェレストランに目を走らせた。

「夕食はそこで軽めに済ませて帰ろうか？　食事がてら、初心者向けのバレエの楽しみ方もぜひレクチャーしてくれ」

つまらなかった。そう切り捨てるのではなく、彼なりに蛍の趣味に付き合ってくれようとしている。

左京にエスコートされ店に入る。食事メニューも充実している喫茶店という雰囲気で、コーヒーのほろ苦い香りが静かなジャズの音色とともに流れてきた。

カウンター席に並んで座り、ふたりとも一番人気らしい欧風カレーと飲みものを注文する。そして、彼に聞かれるがまま蛍はバレエについて話をした。

「よく知っているストーリーのほうが入りやすいのは確かですね。王道の『ロミオとジュリエット』や『くるみ割り人形』はどうでしょうか」

「ロミオとジュリエットはわかるが、くるみ割り人形のほうは……どんな話だ？」

誰もが知る物語だと思っていたが、どうやらそうではなかったらしい。蛍が説明するストーリーに、彼は興味深そうに耳を傾けている。

もちろん逆もあって、彼が当然のように語る内容が蛍には初耳だったり……彼と自分の生きてきた世界の違いをあらためて実感する。でもそれは残念な点ではなくて、きっと視野を広げるチャンスなのだろう。

（人と関わるのって、楽しいことでもあるんだな）

小学生みたいな気づきを、今さら得た自分に思わず苦笑する。

「なにを笑っているんだ？」

左京の声もいつもよりずっと柔らかい。自分と一緒にいる彼が、リラックスしている様子なのは少し嬉しい。

「私はあまり人と親しくならないように生きてきたんです。その……父親の事情を知られるのが嫌だったので」

美理は知っているけれど、東京に来てから出会った人にはいっさい話していない。家族の話をするほど親しくならないよう、誰にも深入りしないで生活してきた。

だけど、美理とバレエを習っていた頃の蛍はわりと社交的だったのだ。新しい子が入ってくると率先して話しかけた。

今日はあの頃の自分を取り戻せているような気がする。

「左京さんのおかげで、誰かと仲良くなるワクワク感を久しぶりに思い出しました。すごく楽しかったです」

蛍はふわりとほほ笑む。だが左京の表情が固まっているのを見て、自分の失言に気がついた。焦って言葉を重ねる。

「あ、違うんです。仲良くしてほしいとかそういう意味では決してなく！　左京さんにとっては仕事だってわかっていますから」

（こんなに必死に弁解したらかえって怖い？　人付き合いスキルがなさすぎて、正解が全然わからない！）

「ごめんなさい」

　ややパニック状態で謝ることしかできなかった。

「大丈夫だから。落ち着け」

　横から彼の手が伸びてきて、カウンターテーブルの上にあった蛍の手を包む。

（大きな手。……どうしてだろう、左京さんと一緒だといつもより心臓がうるさい）

「謝る必要なんかないだろ。デートの相手に『楽しかった』と言われて喜ばない男はいない」

　くしゃりと笑う彼に目が釘づけになる。

「え……」

「ついでに言うと、俺は今日のデートで君に興味が湧いた」

　自分の感情を分析するように、彼はゆっくりと考えを巡らせている様子だ。

「親しくなりたいという感情だな」

「私と？」

　彼は美しい瞳の真ん中に蛍をとらえる。

「そう、蛍と。だいぶ予定外だったから自分でも戸惑ってる」

胸の奥がキュッと締めつけられた。それが〝ときめき〟だと理解するのに、ずいぶん時間を要した。ドキドキが、加速していく。


店を出たところで、左京が誰かに声をかけれらた。

「あぁ、やっぱり。左京くんか」

恰幅のいい五十代くらいの男性だった。彼も同じ喫茶店から出てきたようだ。

（誰だろう。左京さんと同じく警察庁の方かな）

そう思ったのは、身なりや振る舞いから社会的地位の高い人物だと想定できたから。

「幸三郎さん。ご無沙汰しております」

左京はにこやかに会釈を返したが、どことなく空気がピリッとしたのを感じる。ふたりはあまり良好な関係ではないのかもしれない。

「もしかして、左京くんもバレエを？」

「ええ、まぁ」

幸三郎と呼ばれた男は意外そうに目をみはった。

「へぇ。私は知人に誘われたんだが……正直、君はこういう世界とは無縁かと思っていたよ。イトコたちに負けないよう必死で、趣味に使う時間などなかっただろう?」

（イトコ?）

なんの話なのかは不明だが、幸三郎の口ぶりは左京を小馬鹿にしているように聞こえた。蛍はムッと唇をとがらせる。けれど、左京は平静だった。まるで言われ慣れているみたいに。

「そうですね、俺が無教養な人間であることは否定しません。バレエは妻の趣味です」

左京が蛍の肩を抱き寄せる。あいさつをという意味なのだと察して、蛍はぺこりと頭をさげた。

「大……いえ、菅井蛍と申します」

左京は『妻』と言ったので、そのつもりで自己紹介すべきだろう。旧姓で名乗りかけたが慌てて直す。幸三郎は蛍を見て「あぁ」と、どこか下卑た笑みを浮かべる。

「なるほど。この娘さんがね」

海堂治郎の隠し子を品定めする視線が蛍にまとわりつく。それから、彼はポンと左京の肩を叩いた。

「色々大変だね、左京くんも。けどまぁ努力はきっと報われるさ。君は菅井一族の落ちこぼれにならないよう、がんばってくれよ」

どういう意味なんだろうと思ったけれど、悔しそうに下唇を噛む左京の横顔を見てしまったら、とても声をかけられなかった。

（落ちこぼれ？）

左京がアクセルを踏み、車が夜の街を静かに走り出す。同時に彼が口を開いた。

「さっきは不愉快な思いをさせて悪かったな」

幸三郎の視線のことを言っているのだろう。蛍はふるふると首を横に振った。

（左京さんが私のせいで〝大変〟なのは事実だし）

「期間限定とはいえ君は俺の妻だ。話しておこう」

そう前置きして、彼は語り出す。

「彼、菅井幸三郎は俺の親族だ。菅井家は古くから続く家で、警察関係はもちろん政界や財界との繋がりも深い」

本家、分家と家系図もなかなか複雑らしい。

「俺は本家筋ではあるが、一族のなかでは落ちこぼれなんだ」

「キャリア官僚の左京さんが落ちこぼれ……とは？」

では、どういう人物なら優秀と形容されるのだろうか。

左京はクッと唇の端をあげる。

「俺の祖父は警察庁長官だった。で、その祖父には息子が三人いて上ふたりは優秀だったんだ。祖父と同じようにキャリア組として入庁して、出世競争も難なく勝ち進んだ」

「もうひとりの方は？」

思わず口を挟む。一番下の息子、彼はどうなったのだろう。

「一番下は菅井家の基準では不出来だった。地方公務員として警視庁に入り、刑事になった。いわゆるノンキャリってやつだ」

警視庁の刑事。世間一般から見れば十分に立派な仕事だと思うけれど、彼らのいる世界では違うらしい。

「その、菅井家では人権がないに等しいノンキャリ刑事が俺の父親だ」

『君は菅井一族の落ちこぼれにならないよう』

先ほど聞いた幸三郎の台詞が耳に蘇る。

（君は……ってそういう意味なの？）

「さっきの方、ものすごく性格が悪いですね」

思わず本音が口をついて出た。左京はフロントガラスの向こうを見つめたまま、ふっと笑む。

「同感だ」

「左京さんは、ああいう人たちを見返すために出世を望んでいるんですか?」

そのために、蛍と結婚までしたのだろうか。

「俺の親父はキャリアじゃないけどいい刑事だった。子どもの頃の俺にとっては正義の味方で、ヒーローだったんだ」

(過去形?)

「お父さまはもう定年退職されているんですか」

左京の瞳が悲しげに揺れる。

「いや、俺が中学にあがる前に死んだよ」

「そう……だったんですね」

亡くなった理由が気になったけれど聞けない。偽装結婚の妻でしかない自分がどこまで踏み込んで大丈夫なのかわからないから。

「事故だったんだ。非番の日に、車に轢かれそうになった見知らぬ子どもを助けようとしてね。子どもは助かったが親父はダメだった」

蛍の表情を読んだかのように、左京が自ら話してくれた。

彼は強い目で前を見ている。

「親族はそんな親父を小馬鹿にした。『殉職ならまだ格好もつくが、最期まで落ちこぼれだ』ってな」

左京の痛みが伝わってくるようで、蛍も苦しくなった。

「……ひどい」

「祖母が教えてくれたんだが、父は兄弟のなかでも成績はずば抜けて優秀だったそうなんだ」

左京の父は『出世競争より、現場に出て困っている人を助けたい』との思いからキャリアの道は選ばなかったそうだ。

「実際、親父は博識でね。俺に勉強の楽しさを教えてくれた。正義感の強い人で、納得できないときは上に盾突いたりもしたらしい」

（お父さまが大好きだったんだな。少し、羨ましい）

「まぁ親族は、親父があえてノンキャリを選んだとは絶対に認めないけどな。生きているときも死んでからも、ずっとあざ笑い続けている」

「左京さんはどうしてキャリアの道を選んだんですか？」

左京はキャリア組である親族を多分嫌っている。なのになぜ同じ道に進んだのだろう。父と同じくノンキャリの警察官、もしくはまったく別の仕事を、とは考えなかったのだろうか。

「たしかにな。俺は大嫌いな人間と同じ道を歩んでいる」

　クスリと苦い笑みを見せて、彼は続けた。

「くだらない意地だ。警察組織のトップに最速でのぼりつめ、あいつらより優秀な実績を残す。息子である俺が一族でもっとも優れていると示せば、もう親父を侮蔑できなくなると考えたんだ」

「……左京さん」

　彼の野心にはこんな理由があったのか。

「その目的のためにすべてを切り捨ててきた。青春も恋愛も結婚も、自分には邪魔なだけだとな」

　左京の強さと……弱さの理由をようやく理解できた。彼は強い人だけれど、極限まで張りつめているような危うさも見え隠れしていたから。

「馬鹿なのは承知で、俺はくだらない意地を貫き通すつもりだ」

　彼は自分よりずっと大人で、エリートで、こんなふうに思うのはおこがましいだろう。でも、支えたい。そう思った。

（馬鹿ね、私の助けなんかいらないわよ。もし必要なら、もっと彼にふさわしい女性がいるだろうし）

心に浮かんだ思いを蛍は必死に押し隠す。

「左京さんならきっと、てっぺんにのぼれます。……応援していますね」

（応援、このくらいなら許されるかな）

左京は横目で蛍を見て、「ははっ」と声をあげた。

「他人事みたいだな。俺たちは夫婦なんだから、そこは『一緒にがんばろう』じゃないのか？」

「さすがにその頃には他人に戻っていますよ」

笑って答えたけれど、かすかに胸が疼く。

左京の歩く道をずっと隣で見守っていられたら。ほんの一瞬、そんな願いが頭をよぎった。

デートから数日。

午前の仕事を終えた蛍は、自分のデスクでランチにしようとお弁当を広げた。今日は玄米おにぎりと味噌味のつくね、玉子焼きに自家製ピクルスだ。左京のマンションのキッチンは広く設備も整っているので、料理が以前よりも楽しく感じる。

「いただきます」

小さくつぶやいたところで、隣から「えぇ～⁉」と焦った声が聞こえてきた。後輩の唯が誰かと電話で話している。トラブルでもあったのか、彼女の表情はこわばっていた。

（どうしたんだろう）

話を聞くべきか迷っている間に、営業部の大園が飛び込んできた。

「唯ちゃん、困るよ～。今さら会議室が取れていないなんて。うちは部長も課長も出席予定で、簡単にスケジュール変更は頼めないよ」

「す、すみません！　間違えて、六名定員の小さな会議室を予約してしまって」

「六名⁉　今日の出席者、十三人だよ。今すぐ、ほかの会議室を取り直して」

「それが三時からだと、どこもいっぱいで……」

漏れ聞こえてくる話で状況は推測できた。現在、アスミフーズは経理システムの大幅改修を計画中で、蛍たち経理部が各部署から要望のヒアリングなどを行っている最中だ。今日は営業部との打ち合わせで、調整担当は唯だった。

（あぁ、私も入社当初にやったことある。一階の第二会議室と二階の第一会議室を間

違えて予約したんだろうな）

　十人以上入れる大きな会議室は二階のほう、一階はすごく小さいのだ。わりとありがちなミスで、すぐに別の会議室を押さえれば済む話なのだが空きがないとはついていない。

（手伝いたいけど、山下さんには嫌われているし余計なお世話かな？）

　そのときふと、左京の笑顔が頭に浮かんだ。彼が背中を押してくれたような気がして、蛍は唯に声をかけた。

「大丈夫。まだ手はあるから」

「え？」

　唯が目を丸くしてこちらを見た。

「同じ時間に大きめの会議室を予約している人に連絡しよう。とりあえずで大きい部屋を押さえる人は多いから、六名定員でも交換してくれる人が見つかるかも」

「あぁ、なるほど」

　大園がうなずき「確認してみよう」と唯のパソコンをのぞく。蛍も会議室予約ページを開いて、午後三時からの予約を確認する。

「あ、これは？　品質管理部の定例会議。七名参加予定で、十二名定員の会議室を予約してる。ひとりオーバーくらいなら、なんとかなるよな？」

大園の言葉に唯の表情もパッと輝くが、予約者名を確認した彼女は沈んだ声を出す。

「ダメです。予約者、品管の沼田（ぬまた）さんです」

品質管理部の沼田は定年間際のベテラン女性社員。とにかく厳しいことで有名だった。大園もおおげさに両手で顔を覆う。

「そりゃ無理だ。『そっちのミスなのに、どうして自分たちが窮屈な思いをしなきゃならないのよ！』って怒られるのが目に浮かぶ」

がっくりと肩を落とすふたりに蛍は言った。

「私が頼んでみます」

「えっ？」

蛍は品質管理部に内線をかける。

「経理部の大槻です。沼田さんをお願いできますか？」

彼女は席にいて、すぐに応答してくれた。

通話を終えると、蛍は固唾をのんで見守っていたふたりを振り返る。

「ＯＫもらえました。山下さん、すぐみなさんに会議室変更をお知らせして」

「は、はい！」

唯は大急ぎで電話をかけはじめる。大園は呆然と蛍を見つめていた。

「どうやって沼田さんを攻略したの？　嫌み、言われただろ」

「いいえ。こころよく交換してくださいましたよ」

沼田との会話を思い出す。

『いいわ。大槻さんの頼みなら聞いてあげる』

『ありがとうございます、助かります』

『どうせあなたのミスじゃないんでしょ。あなたみたいな性格だと損するばかりよ。昔の私もそうだったから放っておけないのよね』

沼田と蛍は似た者同士で、そのせいか彼女は蛍をかわいがってくれている。それを大園に話す気はなかったので黙っておいたが。

「沼田さんが若手女子社員に親切にするとか……ありえない、ありえない」

大園はまだ首をかしげているが、急にハッとなって蛍に向かい両手を合わせた。

「と、とにかく助かった。ありがとう、大槻さん」

「いえ。経理部の仕事なので営業部の大園さんに礼をしてもらう必要はありません」

「いや、本当に！　大槻さんのこと、見直したよ。唯ちゃんのミスを助けることは絶対ないと思ってたし」

「私は別に、山下さんを嫌っても恨んでもいません」

向こうに嫌われているだけだ。

「そうなの？　じゃあ次の飲み会は大槻さんも来なよ。楽しみにしてる！」

結構です、という蛍の返事を聞く前に彼は去っていった。よくも悪くも調子のいい人なのだろう。次の瞬間、会議室変更の電話を終えたらしい唯とぱちりと目が合った。

「あ、えっと……みんな一度はするミスだし落ち込まないでね」

つい先ほど、自分も先輩である沼田に優しい言葉をかけてもらった。それを唯に返そうと思ったのだが、嫌そうな顔をされてしまった。

「別に落ち込んでませんけど！」

（かえって嫌みっぽい言い方だったのかな。人間関係ってやっぱり難しい。だけど……）

声をかける勇気を出した自分を、今日は褒めてあげようと思った。

夜十時。すでにマンションに帰っていた蛍のスマホが鳴る。

「もしもし」

『俺だ。そっちは変わりないか？』

左京だった。赤霧会とは別件の大きな仕事が入ったようで、ここ数日の左京の帰りは少し遅い。

「はい。今日も怪しい人はいませんでした」

会社のすぐ近く、同僚に見られないギリギリの距離まで送迎をしてもらっているし、このマンションのセキュリティは強固。これでは赤霧会も諦めざるを得ないのではないだろうか。

『よかった。俺も今から帰る。最近遅くなってばかりで悪いな』

「いえ。私も十分に注意するので、気にせずお仕事がんばってください」

やり取りが本物の新婚夫婦のようで気恥ずかしい。

電話を切った蛍はキッチンへと向かう。鍋には野菜をたっぷり入れたミネストローネスープが残っているのだけれど……。

（作りすぎたからどうぞって、自然に言えば！）

この部屋を見たときから薄々想像はついていたが、左京は私生活に無頓着だ。朝食はともかく夕食も栄養ゼリーで済ませているのを何度か目撃している。

（必要以上に干渉しない約束ではあるけれど）

余った料理のお裾分けもルール違反になるだろうか。悶々と悩んでいる間に左京が帰ってきた。

「ただいま」

「お、おかえりなさい」

「今から夕食か？　今夜は蛍も遅かったんだな」

キッチンに立っていた蛍を見て、彼はそう解釈したようだ。

「いえ、私は食べ終わりました。左京さんは？」

「あ〜。まだだが、もう明日の朝と一緒で」

「どう考えても、夕食と朝食は一緒にできないと思います」

こんなに適当な食生活で、どうやってこの鍛えあげられた肉体を維持しているのか不思議だった。

勇気を出して蛍は声をあげる。

「よかったら！　作りすぎたスープを飲んでもらえませんか？　捨てるのももったいないので」

「スープ？」

彼は蛍のところまでやってきて、ひょいと鍋をのぞく。それからクスリと笑む。

「警察官に嘘をつくのは悪人のすることだぞ」

「え？」

左京の目が甘く細められる。

「俺のぶんも作ってくれたんだろう？　少し作りすぎたって量じゃないし」

「そ、そういうわけでは！」

じっと見つめられて、耐えきれなくなり蛍は視線を斜め上に外す。

「今の動きは嘘をついている人間の典型的な仕草だな」

クスクスと左京が笑う。蛍は観念した。

「その、左京さんの食生活がいいかげんなのが心配で。ご迷惑かもしれませんが」

「白状すると、ものすごくありがたい。だが一度してもらうと、俺は次も期待してしまうと思うし……そうなると蛍の負担になる。だから今回だけでいい」

左京は優しい声で続けた。

「今夜は、ありがたくいただくよ」

時間も遅いので重すぎないほうがいいだろうと、蛍はスープとおにぎり、冷蔵庫にあった漬物を食卓に並べる。

「蛍の仕事はどうだ？」

彼が話題を振ってくれたので、食事をする左京の隣に腰をおろした。今日の出来事、会議室トラブルの件などを蛍は話した。

「なるほど、後輩は手強いんだな。けど、その飲み会に誘ってくれた女性とは仲良くなれるんじゃないか」

「あ、大園さんは男性です。たしか私より四つ先輩だったかな」

左京の顔が途端に険しくなる。

「やっぱり飲み会に行く必要はないな。職場の人間との交流ならランチで十分だろう」

「そもそも、赤霧会の件が解決するまでは飲み会どころではないですしね……」

「解決してもダメだ――」

左京は言葉の途中でハッとしたように口を押さえた。

「いや、つまりな」

言いよどむ彼に、蛍は首をかしげた。左京がおかしなことを言うからだ。

(事件解決後の話なら、私たちの同居も解消しているはずなのに)

「ごちそうさま。うまかったよ」

喜んでもらえたことで決心がついた。ここ数日ずっと考えていたのだ。蛍は意を決して切り出す。

「ここでお世話になっている間は、妻の役目を果たさせてください」

「は？」

左京がぽかんとしている。こんなに無防備な彼は初めて見た。蛍は彼を説得しようと言葉を重ねる。

「ずっと気になっていたんです。あなたに守ってもらうばかりでフェアじゃないなと」

「俺は君との結婚を出世の武器にしようとしたんだ。蛍が引け目を感じる必要はない」

「あなたの出世に力を貸せるのは海堂治郎で、私じゃありません」

(私自身もなにか返したい。そう思うのはおかしいかな)

「母を早くに亡くしているので家事はわりと得意です。料理、掃除、アイロンがけ、必要があればおっしゃってください」

彼の野心の理由を聞いて、応援したいと心から思えた。自分が支えられる部分があるのなら協力したい。

真顔になった彼の喉仏がゆっくりと上下する。その仕草がやけに色っぽくて、蛍の心臓はドキドキと波打ちはじめた。

「君は知らないだろうが」

蛍の座る椅子の背もたれに彼が手をかける。距離がグッと近づき、鼻先が触れるほどの至近距離で左京がささやく。

「男はすぐに勘違いする生きものだ。一度でも優しくされると二度目を求めるし、妻として振る舞われたら、自分のものになったと錯覚する」

それは女性に免疫のない男性にかぎった話ではないだろうか。

「左京さんはそういうタイプとは思えませんけど――」

「俺も同じだ」

蛍の言葉を遮って、彼は強く言い切る。

大きな手が蛍の頬に触れた。それだけで一気に体温が上昇した気がする。

「左京さん？」

「ほら。そういう顔を見せられると、君を俺のものにしてしまいたくなる」

媚薬のようなその声は脳に直接響くようで、蛍の思考をあっさりと奪った。

「君を俺のものにしてしまいたくなる」
つい口に出したその台詞は、脅しが半分、本音が半分といったところだろうか。あ

まりに無防備な彼女に少し警戒してもらいたい気持ちと、言葉どおりの意味と。

怒るか呆れるか、反応はそのどちらかだと思っていたのだ。でも違った。

蛍は頬を染め、潤んだ瞳でこちらを見あげる。彼女のこんな顔を見るのは初めてで、左京はゴクリと唾をのみ込む。自身のコントロールの範疇をこえて急速に身体の芯が熱くなった。ぐらりと理性が揺らぐ。

蛍は美しい女だ。京都で初めて会ったときからそう思っていた。立っているときも座っているときも、いつも凛とした品をまとっている。顔立ちはキリリとして、あまり甘さはない。直線的な眉に輝きの強い瞳、肌が白いぶん唇の赤みが際立つ。流行のファッションよりも、着物やスーツが似合うタイプ。

欠点のない美形。おまけにあまり表情が変わらないので、彼女はどこか人形めいていた。

（彼女なら安心。そう思っていたはずなんだが）

自分と蛍ならば間違っても恋愛に発展することはない。そう確信したからこそ、左京も安易に結婚を決意した。だが、いつしか……。

先ほど、蛍の口から男の話が出たとき左京は自分でも滑稽に思うほど動揺し、おかしな台詞を口走った。

(嫌だった。蛍の魅力を知るのは俺だけでいいと思った。それはなぜだ?)

自身に問いかけるが、答えはもうわかっているような気もする。

どこか恐れるような気持ちで左京は蛍を見た。

「左京さん……」

恥じらいをのせた細い声がいやに甘く響いた。

(蛍を知りたい。もっと、奥深くまで暴いてみたい)

そんな本能を、左京はわずかに残った理性で必死に抑えつける。

「冗談だ。本気にしなくていい」

白々しい嘘でどうにか場をごまかした。


翌日の昼。

ボリューム満点で提供が早い。霞が関で飲食店を繁盛させるにはこの二点が肝心だ。

そこをしっかりクリアしているこの定食屋は、今日も大勢の客で賑わっていた。左京が足を踏み入れると、すぐに「菅井さん!」という快活な声が届いた。

島亮太(しまりょうた)、年は左京よりふたつ下の三十二歳。陽のオーラを振りまく、爽やかな男だ。この人のよさそうな笑みが彼の刑事としての最大の武器。初対面の人間にもまったく警戒心を抱かせない。

「悪いな、島。急に呼び出したりして」

亮太は左京が警視庁の組織犯罪対策部にいたときの部下だ。キャリア組の上司という存在はたいてい煙たがれるものなのだが、彼は人懐っこく左京とも親しくしていた。

「全然いいっすよ～。ここが奢りなら、なおいいですね！」

わりと童顔なうえに口調も軽いので、まだまだ若者といった雰囲気を漂わせている。実年齢より老けて見られがちな左京とは真逆だ。

「わかってるよ」

「よっしゃ。俺はカツカレー。大盛りで！」

「了解」

左京は店員に声をかけ、カツカレーをふたつ注文した。左京はあまり食にこだわりがないので、誰かと一緒のときは相手と同じものを頼むことが多い。

本当にあっという間に、テーブルの上にカレーがふたつ運ばれてくる。食べながら話そうと、亮太を促す。

「赤霧会の件……その後どうだ？」

一応声をひそめたが、店はガヤガヤと騒がしく誰かに話を聞かれる心配はいらないだろう。こういう店は意外と密談に向いている。内緒の話をしているなどと誰も思わないからだ。

心得ているという顔で亮太はうなずいた。軽い男だが仕事はできる。キャリアでない彼が三十代前半で警視庁の刑事になっているのは、優秀な実績あってこそだ。

「海堂治郎以外にも違法賭博の規制強化に賛成する人間が数名、赤霧会が犯人と思われる嫌がらせを受けていますね。なので、やはり動機はここにあるのかなと」

「まぁ、そうだな。赤霧会にとっては死活問題だろうし」

赤霧会の収入源、俗にいうシノギはこの違法賭博が大きな柱となっている。

「一応、赤霧会と海堂家にほかの繋がりがないかも洗ってはいます。具体的に言うと、赤霧会のトップである犬伏が海堂治郎個人を恨む理由はないか……ですね」

亮太の所属は組織犯罪対策部の暴力団対策課。かつては四課と呼ばれており、ヤクザに負けない強面揃いで知られていた。今でも圧倒的に武闘派が多く、亮太みたいなタイプは例外だ。彼らも赤霧会の動向はずっと注視していた。はっきり言ってしまえば、壊滅に追い込みたい組織のひとつだ。

蛍の夫として自分の名があがったのは海堂家と菅井家の縁もあるが、左京が赤霧会を取り巻く事情に詳しいからという理由もあったはず。

「それで、個人的な恨みは見つかったか？」

亮太は左京に資料を渡しつつ、説明してくれる。

「菅井さんはよくご存知でしょうけど、かつての赤霧会は関東では大きな組織でした。その頃、海堂実光とは多少の付き合いがあったようですね」

海堂実光は治郎の妻である芙由美の父親で、今の政界でも最大勢力である海堂派を築いた人物だ。治郎は海堂家に婿入りすることで現在の地位を得たようなもの。

「まぁ、当時は今とは事情が異なるからな」

決して実光をかばうつもりはない。だが暴力団への締めつけが厳しくなったのは、いわゆる暴対法が施行されてからだ。それまでは堅気の世界にも当然のように彼らは入り込んでいた。力のある政治家なら多かれ少なかれ繋がりがある、そういう時代だった。

「その後、赤霧会は激しい内部抗争で弱体化。ちょうど世論も暴力団に厳しくなりつつあって、実光は縁を切ったようですね」

「この件を恨みに……はさすがにちょっと弱いだろうな。年齢を考えても、まだ三十代の犬伏と実光は直接会ったこともないだろうし」

「課内でもその意見が多数派です。犬伏はメンツや義理を大事にする昔気質のヤクザってタイプじゃないですしね」

「そうだな。もっと即物的な男だろう」

本人はインテリヤクザを気取っているようだが実態はもっと低俗だ。目の前の金や利害のみで動く人間、左京はそう分析していた。

「とはいえ……個人的な恨みの線はなしと決めつけるのもよくないか。人間の感情など、結局は本人以外にはわからないものだし」

「なんといっても相手はヤクザですしね～」

推理小説などでは犯人の動機や感情の動きが読者にも納得できるよう説明されるものだが、現実の犯罪者の動機なんてものは驚くほど意味不明だ。リスクとリターンがまったく釣り合っていなかったり、何度考えても『その程度で?』としか思えないような理由だったり。

亮太が話をまとめに入る。

「とにかく、現状では実光時代の因縁くらいしか浮かんできませんでした。海堂治郎は政治家とは思えないほど評判がいいんですよね～。本当にクリーンなのか、口封じを徹底しているのかは知りませんけど」

「後者じゃないのか」

左京が皮肉げに唇の端をあげると、亮太は軽く肩をすくめた。

「菅井さんがそうおっしゃるなら、もう少しつついてみます」

「頼んだ」

そこで、亮太の瞳が好奇心にキラリと輝く。

「菅井さん、海堂治郎になにか思うところでも？」

「んん？」

想定外の指摘に左京は食べかけのカレーを詰まらせた。慌てて水を飲み、こぶしで胸を叩く。亮太はニヤニヤとその様子を眺めている。

「いや。事件関係者への個人的感情をあらわにするの、珍しいなぁと思いまして」

（失態だった）

蛍の境遇を思うと治郎によい感情は抱けない。だが、それを表に出すのは亮太の言うとおり左京らしくなかった。

「ご結婚で、彼は菅井さんの義父になったわけでしょう。俺としてはこっちの因縁も興味深いなぁ」

彼の探るような視線が絡みつく。協力体制を敷く関係上、亮太のいる警視庁の暴力団対策課のメンバーには、左京の妻となった女性が治郎の隠し子であることは明かしている。

偽装結婚とまでは伝えていないが、赤霧会による治郎への脅しを知っている亮太たち課員は、自分たちの結婚が赤霧会への牽制のためとおそらく察しているだろう。

「元上司を監視対象にするな」

「対峙した人間は全員疑えと、教えてくださったのは菅井さんじゃないですか～」

左京のにらみをものともせず、彼はニヤリとする。邪気のない雰囲気のおかげでついつい忘れそうになるが、彼は輝かしい功績を次々とあげ警視庁内では『ノンキャリの星』と称されている男なのだった。

「実際どうなんですか、新婚生活は」

「普通だ」

と答えるよりほかにないだろう。

「うちの課内では菅井さんが出世のために戸籍を売ったんじゃないかと噂ですよ～。菅井さんならやりかねないと思ったので俺も否定はしませんでしたが」

「否定も肯定もしなくていい。理由はどうあれ俺は結婚した、それだけだ」

ヤクザと対峙しても顔色ひとつ変えない左京が、動揺しているのがおもしろいのだろう。亮太はにんまりと目を細めた。

「いや、俺は今日で認識を改めました。さっき会った瞬間にも菅井さんの雰囲気が柔らかくなったなと感じてはいたんですよ。おまけにその顔！　菅井さんは案外と新妻に夢中らしいとみんなに伝えておきますから」

「……余計な話はするな、頼むから」

夢中かどうかは自分でもわからないが、蛍が絡むと余裕がなくなるのは事実だった。今も適当にごまかせばいいものを、うまい言葉が出てこない。

そんな左京が亮太には楽しくてならないらしい。

「『青い血の流れる男、菅井』も普通の男だったんですね〜。いつか絶対奥さん紹介してくださいよ！」

左京はいぶかしげな表情を返す。

「なんだ、その青い血ってのは……」

「組対での菅井さんの異名です。人間らしい感情がかけらも感じられないので、青い血！　ぴったりでしょう」

左京は呆れてため息をつく。

「誰がつけたんだ、そんなあだ名」

「はーい」

悪びれもせずに亮太が片手をあげる。左京の額に青筋が浮いた。

「お前、自分は『星』とかいういいあだ名をもらってるくせに……」

「俺がノンキャリの星なのは、ただの事実ですから！」

その後はどうでもいい話に終始した。

亮太と別れ、警察庁に戻る道すがら左京は思わずつぶやいた。

「奥さん、か」

蛍の笑みが脳裏に浮かぶ。彼女の笑顔はハッとするほど美しく、そして儚い。まばたきをしている間に消えてしまいそうで、だから目を離すことができなくなる。

（俺たちは夫婦だ。書類のうえでは間違いなく）

だがその言葉はこのところ、左京をひどく苦しませる。

先ほど亮太の言った『戸籍を売った』という表現は弁解の余地もないほどそのとおりで、彼女との結婚は百パーセント打算だった。海堂治郎の隠し子と結婚したかっただけで、相手の中身には露ほどの関心も抱いていなかったのだ。

治郎に恩を売り、しかも警察にとっては厄介な存在でしかない赤霧会をつぶすきっかけにもなるかもしれない。一石二鳥だと自分の都合ばかりを考えた。蛍の心情などまったく思いやりもせず。

(そんな人間が蛍の献身を受け取っていいわけ……ないだろ)

ゆうべの出来事が蘇る。

『妻の役目を果たさせてください』

だから、家事を引き受ける。彼女はそんなふうに言ってくれた。嬉しかった。家事をしてほしいわけではなく、歩み寄ろうとしてくれる彼女の気持ちが左京の心を弾ませた。

(夢中、たしかにそのとおりだ)

自分は蛍に惹かれている。〝海堂治郎の娘〟でありさえすれば十分だったはずの妻が、特別な存在に変わりつつあった。

はっきり自覚すると同時に、どうしようもない心苦しさも押し寄せた。蛍が健気であればあるほど、打算ばかりの自分に嫌悪感が湧く。

(もっと違う形で出会えていたら……)

蛍が治郎の娘でなかったら、自分たちの人生は交わらなかった。その事実を見ないふりして、また自分に都合のいいことを考える。

(知っていたつもりだが……俺は本当にクズだな)

四章　甘く溶け合う

三月、左京と同居を始めてひと月が過ぎた。まだまだ寒いので、今夜の夕食はビーフシチューだ。壁掛け時計の示す時刻は夜の七時。スプーンですくったシチューをぱくりとして蛍は頬を緩める。

「よかった、おいしくできた」

いつもは市販のルーで簡単に作るのだけれど、今日は午後からたっぷりと時間をかけて丁寧に仕上げた。土曜日なのに左京は出勤。家で過ごすしかない蛍にとってはいい暇つぶしにもなった。

(そう、時間があり余っていたから。それだけよ)

言い訳しつつも、心のどこかで左京の喜ぶ顔を期待している。このところ、料理にひと手間が増えたのは彼が『おいしい』と言ってくれるからだ。

(にしても、気を緩ませすぎかなぁ)

左京がそばにいてくれるおかげか、赤霧会の接触はまったくない。ここで暮らしはじめた当初は恐怖心から常に気を張りつめていたけれど、最近は逆に緊張感がなさすぎるかもしれない。

（左京さんが帰ってきたら、赤霧会の件がどうなっているのか聞いてみよう）

秘密の多い仕事なので、彼がどこまで教えてくれるかはわからないけれど……。

そのとき、キッチンカウンターの上に置いてあった蛍のスマホが鳴り出した。

「もしもし」

『こんばんは、如月です』

耳に届いた声は晋也のものだった。

「如月さん。お久しぶりですね」

『ええ。なかなか連絡できず申し訳ございません。最近ちょっと、忙しくて』

なんだか言い訳するような口調だ。どことなく、彼の声に焦りの色がにじんでいるように思えた。

「あの、なにかあったんですか？」

ちょうど赤霧会のことを考えていたので、悪い知らせなのではと不安になる。

『いえ、蛍さんがどうされているか心配で。その……菅井さんは優秀ですが、冷淡な人だとも聞きますから』

蛍が左京とうまくやれているのかを懸念しているらしい。

「大丈夫です。さ、菅井さん、思っていたより優しい人です」

晋也の前で「左京さん」と呼ぶのは恥ずかしくて言い直す。

『……それなら、いいのですが』

「海堂家の迷惑にならないように、きちんとおとなしくしておきますから。心配しないでください」

白状すると海堂家のためにという気持ちは全然ないが、蛍は晋也には感謝していた。厄介者でしかない自分をいつも気遣い、細々とフォローしてくれる。図々しいだろうが、自分にとっては兄のような存在と思っていた。

今の台詞はその彼を安心させるためのものだ。

それからふと、蛍は聞いてみた。

「海堂さんや芙由美さんは、なにかおっしゃっていますか？」

赤霧会の件も左京との結婚も、海堂家サイドの話は晋也から聞くだけで治郎やその妻である芙由美の気持ちは一度も聞いていない。彼らは今、どういう思いでいるのだろう。

『え、あぁ……』

わずかに言葉を詰まらせたあとで、晋也は続けた。

『も、もちろん。海堂先生は蛍さんをとても心配なさっていますよ』

ぎこちなく紡がれたその言葉は、きっと優しい嘘なのだろう。

（どうでもいい、なにも思っていないのね）

察したけれど、あえて指摘はしなかった。『困っていることはないか？』と聞く晋也に、「本当に大丈夫ですから」と返事をして通話を終えた。

（赤霧会って意外とまぬけよね）

ため息とともに、スマホをまたカウンターテーブルに戻す。と同時に、左京が帰宅した。

「ただいま」

「おかえりなさい。ごはん、ちょうど準備できたところです」

「あぁ。玄関を開けた瞬間からいい匂いだなと期待していた」

新婚ごっこ、でしかないことはちゃんと理解している。自分たちは本当の夫婦ではないし、事件が解決すれば即さよならの関係。だけどここは、ずっと孤独だった蛍が初めて得た〝温かい家庭〟だ。

（束の間でもいい。もう少しだけ）

上着を脱いで、シャツを腕まくりした彼が顔の前で両手を合わせる。

「いただきます」

蛍も同じ台詞を口にしてから、箸に手を伸ばす。

「なんだか、日に日にメニューが豪華になっていってるな。本当に俺のぶんは気にしなくていいから」

「ひとりぶんもふたりぶんも手間は同じです。って、このやり取りも毎日していますよね。もうやめませんか？」

クスクス笑う蛍に、左京は「でも」と頑固な一面を見せる。

料理については蛍が強引に押しつけているようなもの。

（『ありがたい』と言ってくれてはいるけど、ただの社交辞令かな）

「やっぱり迷惑ですか？」

今さらながら心配になり蛍は顔を曇らせる。

「それは絶対にない。蛍の料理はどんな高級店よりうまいし、おかげで最近身体の調子がすごくいい」

左京がきっぱりと言ってくれてホッとする。

「よかった」

テレビを賑わすニュースの話題、読んだ本の感想。なにげない会話が自然と続くようになって、とても心地よい時間が流れた。

　ふと思いついたように左京が言う。

「ずっと気になっていたんだが、聞いてもいいか？」

「はい」

「蛍はどうしてバレエをやめてしまったんだ？」

「あ、えっと」

　蛍の表情がこわばる。それを見た左京は慌てて言葉を重ねた。

「いや、すまない。話したくないなら、無理しなくていい」

「いいえ、そんなことはないです」

　当時は大きなショックを受けたけれど、もう傷は癒えている。

　むしろ、彼が自分を知ろうとしてくれていることが嬉しかった。蛍は昔を思い出しながら語る。

「ちょっと自慢になっちゃうんですけど、私のバレエ結構いいところまでいってたんです」

　それなりに大きな教室だったが、蛍と美理でずっと一番を争う形だった。コンクールでも優秀な成績をおさめられるようになり、中学三年生のときに大きなチャンスが巡ってきた。

「若手の登竜門とされる国際コンクールに、エントリーしてみないか？と声をかけてもらえたんです」

「あぁ、聞いたことがある。日本人が入賞するとテレビでも取りあげられるよな。すごい実力じゃないか！」

「エントリーと入賞の間の差は、ものすごく大きいんですけどね」

まるで入賞したかのような反応を見せる左京に、蛍は苦笑を返す。

「しかも私は結局、エントリーすらできませんでしたし」

「どうしてだ？」

「海堂家が……」

母は蛍をエントリーさせるべきかどうか治郎に相談をしたようなのだ。国際コンクールに参加するためにはかなりの費用がかかるので、彼からの援助を期待したのかもしれない。

「海堂治郎が反対したのか？」

「どちらかといえば、奥さまの芙由美さんでしょうか」

反対したのは治郎ではなく芙由美だったと聞いている。左京も言ったとおり、あのコンクールにはメディアもそれなりに注目している。芙由美は、蛍の顔と名前が話題になるのを恐れたのだろう。

（それに、お母さんも大賛成という雰囲気ではなかった。芙由美さんと同じ心配をしていたのかな）

当時は芙由美ひとりの反対意見に押しきられたように感じていた。でも今から思えば、母も芙由美がノーと言ってくれて、内心では胸を撫でおろしたのかもしれない。

蛍は左京にそう説明した。

「だからといって、参加する権利まで取りあげるとは……」

「でも今回でよくわかったように、私の存在はあくまでも世間一般には知られていないだけで、政治記者さんとかで知っている方もいたと思うんです」

わざわざ海堂家を敵に回してまで、記事にする価値がないから騒がれなかっただけ。でも、もし蛍自身が有名になれば、また話が変わってくるかもしれない。

芙由美はそう考えたのだろう。もしくはただ単純に、蛍が目立つのが憎らしかったのか。

「といってもこれらは全部入賞したら……の話で、実際には私が賞をいただける確率はゼロに近かったんですけど」

当時の自分の実力を考えると参加できただけでも立派、芙由美の心配は杞憂でしかなかった。

「勝負はやってみなければわからないぞ」

左京らしい意見に蛍はふっとほほ笑む。

「そうですね。できたら勝負に挑んでみたかったです」

バレエをやめるにしても、せめてあのコンクールに挑戦してからだったら。そんな気持ちはやはり残る。

「それをきっかけに海堂家は私をあまり自由にさせておくのは危険だと考えたようなんです。京都を離れ、東京の全寮制の高校に進学させられました」

バレエもやめさせられ、親友の美理とも離ればなれ。おまけに蛍が京都を出た途端に母が亡くなった。死因は急性心筋梗塞。もし倒れたときに自分がそばにいたら……。その思いはどうしても消せない。

「東京では、なんの気力もなく幽霊みたいに過ごしていました。海堂家はこれで満足なんでしょう？って、少しヤケになっていたのかもしれません」

夢を持たず、誰とも深く関わらない。

「人を好きになることに臆病になってしまって。愛なんか信じないと決めて生きてきました」

　こちらが拒絶しているのだから当然といえば当然で、恋人も親しい友人もできなかった。会社でもずっと嫌われ者。

「つらい過去を思い出させて申し訳なかった」

　やや迷うそぶりをしてから、左京はまっすぐに蛍を見た。

「けど、話してもらえて嬉しい。俺は君を知りたいと思っているから」

（ひとりでいいと思っていたのに、左京さんに会って……誰かと心を通わす楽しさを思い出しちゃった）

　人と親しくなるのは、楽しくて少し怖い。自分はすぐ、失う瞬間を想像してしまうから。

「もし叶うのなら、一度でいいから君が踊る姿を見てみたいな」

　甘く柔らかな彼の笑みが蛍の胸に染み入る。幸せと不安が、同じだけ積もっていく。

「事件が解決したら趣味のお教室に通ってみようかな？　人に披露できるレベルを取り戻すのには何年もかかると思いますけど」

（その頃にはもう、私たちは赤の他人になっているだろうか）

「ゆっくりでいいよ。俺はいつまででも待つから」

この場かぎりの社交辞令だとしても嬉しかった。

甘やかな空気に胸がきゅうと締めつけられる。美理といるときの楽しい気持ちとはまた違う。左京のそばは、心臓がうるさくて落ち着かない……なのにどうしてか離れがたい。危ないと思いながらも、触れてみたくて手を伸ばしてしまう。

(もしかして、こういう気持ちを恋と呼ぶのかな)

自分の思いつきに蛍は慌てふためく。

(いやいや。なにを考えているのよ!)

思考をかき消すように頭をブンブンと左右に振った。

(恋なんかじゃない。彼に恋をしてはダメよ)

「どうした?」

左京が心配そうにこちらを見る。蛍は深呼吸をひとつして、自分に言い聞かせた。

(私たちは偽装結婚、彼にとってこの生活は仕事だもの)

恋心は不要だし、左京に負担をかけるだけ。馬鹿なことを考えるのはよさなくては。

頭を冷やそうと蛍は椅子から立ちあがる。

「なんでもないです。私、食後のコーヒーを入れますね。左京さんも飲みますか?」

「それは俺がやるよ。君はソファでゆっくりしてて」

蛍を制して、彼がキッチンに入っていく。

ソファに並んで座って、左京が入れたコーヒーを飲む。蛍がミルクたっぷり砂糖なし派であると、彼は覚えてくれたようだ。

「おいしい。ありがとうございます」

「こちらこそ。今夜の夕食も絶品だった」

「そういえば、さっき如月さんから電話があったんです。向こうも大きなトラブルは起きていないようでしたが、警察では赤霧会についてなにかわかりましたか？」

「警視庁にいた頃の同僚が今も赤霧会を担当しているから情報は得ている。やはり賭博規制への牽制が動機のようだな。具体的になにをする気なのかは不明だが、規制賛成派の人間を広く探っているようだ。海堂家も、蛍以外の人間もターゲットにされている」

「私以外にも……」

（やっぱり、赤霧会はそんなにまぬけじゃないよね）

先ほど晋也からの電話を受けたときにも思ったことを、蛍は覚悟を決めて彼に進言した。

「左京さん。もし赤霧会が行動を起こすなら、ターゲットは私ではなく別の人になると思います」

「なぜ断言できる？」

「……海堂家は私がどうなろうと、きっと気にも留めません」

蛍は唇だけで薄く笑んだ。

「人質の価値がない私を狙っても意味がないと、赤霧会も気がついたんじゃないでしょうか」

左京の顔が苦しそうにゆがむ。かすかに震える声で蛍は続けた。

「ごめんなさい。もっと早く話すべきでした」

海堂家は左京が蛍を守ったところで恩なんか感じないだろう。自分には左京が身体を張って守るほどの価値はない。薄々気がついていたのに言えなかった。

「ひとりで平気。そんなふうに強がっていたけれど危険が間近に迫ってみると、やっぱりひとりきりは怖くなって」

左京から初めて話を聞いたとき、本当は自分の脚は恐怖に震えていた。赤霧会にさらわれたところで、治郎も誰も助けになんか来ない。そんな場面が容易に想像できたからだ。

「左京さんの『必ず守る』という言葉にすがりたくなりました」

「……蛍」

　彼の腕が伸びてきてグッと強く抱き締められる。その温かさに思わず涙がこぼれそうになった。

「海堂治郎が君をどう思っているのか、俺は彼ではないから正確なところはわからない。だから気休めは言わない。けどな、ひとつだけ確かなことがある」

　蛍を抱き締める彼の腕に、一層の力が込められた。

「君はひとりじゃない。俺という家族がいるだろう」

「家族？」

「あぁ。蛍のことは俺が必ず守る。警察官としてではなく、夫としてだ」

　きっぱりとしたその言葉に蛍の瞳が潤み、ポロポロと涙があふれた。

　優しい手がその涙を拭ってくれる。視線をあげると、真剣な彼の瞳がそこにあった。

　初めて見たときは冷たい色だと思ったのに、今は全然違う。甘くて、熱っぽい。

「さっき、愛なんか信じないと言ったな」

　彼の両手が蛍の頬を包む。

「俺が……愛を教えてやる」

「え？」

「拒んでも無駄だ。もう決めたから」

(左京さんが私に愛を?)

たった今、彼を好きになってはいけないと自分をいましめたばかりなのに。込みあげる思いで蛍の胸はいっぱいになる。それは間違いなく嬉しいという気持ちだった。

それから数日後。

夜の入浴を終えた蛍はリビングの照明を少し落として、ソファに座る。何度見ても感動する美しい夜景が視界いっぱいに広がり、また見惚れてしまった。

手のひらにお気に入りの美容液をトロリと垂らし、顔になじませていく。蛍と入れ替わりで左京は今お風呂に入っている。最後にクリームを塗ったところで、カチャリと扉の開く音がした。

タオルで髪をワシャワシャとしながら、左京が部屋に入ってきた。まだ湿っている前髪や、ラフなTシャツからのぞく鎖骨が色気たっぷりだ。

左京はストンと蛍の隣に腰をおろした。同居を始めた頃にはかなり空いていた距離も今ではほぼなくなって、肩が触れ合う位置に彼がいる。

「なんか、いい匂いがするな」

「え？」

蛍の首筋の辺りに彼は鼻を近づけてスンスンとかぐ。うなじに吐息がかかって、蛍の心臓はドクンと跳ねる。

「その、多分フェイスクリームの匂いじゃないかと。ゼラニウムの精油が入っているやつなので」

「あぁ、本当だ」

左京の鼻が蛍の頬にぶつかる。

（ひゃあ！　ち、近い）

彼は意外と自分の魅力に無自覚だ。蛍の前で平気で着替えたり、今みたいにふいに近づいてきたり。

（ううん、これはわかってやっている？）

涼しい顔をした彼に翻弄されるばかりで少し悔しい。左京はテーブルの上のクリームに視線を向けて、首をかしげた。

「ゼラニウムってなんだ？」

「お花ですよ。香りがいいので、よくアロマオイルに利用されるんです」

蛍の説明を物珍しそうに聞いている。

「へぇ。上品な香りだな」

「はい。華やかだけど甘すぎないところがお気に入りで」

こんなふうに彼と他愛ない話をする時間はすごく楽しい。左京がどんな話題でも優しく聞いてくれるから。

「うん、蛍にぴったりの香りだ」

蛍は目を丸くして彼を見返す。

(上品な香りがぴったりって……褒めてくれたのかな?)

すごく嬉しいけれどそれを素直に顔に出していいものか、迷う。きっとおかしな表情をしていたのだろう。左京が顔をのぞいてくる。

「褒めたつもりなんだが、伝わっていない?」

それから彼はハッとなって手で口元を覆った。

「八つも年上の男の発言としては、今のは気持ち悪かったか」

うっすらとショックを受けている様子がおかしくて、蛍はぷっと噴き出す。彼のようにパーフェクトな男性がそんな心配をするのは意外だった。おかげで素直になれそうだ。

「気持ち悪くなんかないですよ。嬉しかったです。でもちょっと、恥ずかしくて」

『俺が……愛を教えてやる』

あの発言以降、彼はいやに蛍に甘くてまだ慣れない。くすぐったくてふわふわして、夢を見ているみたいなのだ。

「蛍に愛を伝えたい、そう言っただろ」

強気に言ったあとで、彼は困ったように笑う。

「けど実は今、わりと弱ってる。考えてみれば俺は恋だの愛だのは不得手だし」

彼が蛍のために頭を悩ませたり弱ったりしている。迷惑をかけているに等しい、決して好ましい事態じゃないのに胸がキュンとして甘酸っぱい気持ちになる。

左京がスッとこちらを向いた。

「どんなふうに愛したら伝わる？　愛を信じない蛍に俺を信じてほしいんだよ」

切実な言葉が蛍の心を溶かしていく。

（待って。これは円満な夫婦でいるための演技かもしれないし……）

頭の片隅にはまだ冷静な自分がいる。でもその声はどんどん小さくなっていって、もう聞こえない。

「さ、左京さん」

彼はそっと蛍の手を取った。優しい手つきから彼の気持ちが伝わってくるよう。

「というわけで、まずは王道で攻めてみようと思う」

「え？」

彼が蛍の手を開かせる。その上に青いリボンのかかった小さな箱がのせられた。

キョトンとした顔で、蛍は彼を見返す。

「これはいったい？」

さっぱり見当もつかない。

「いつも料理をしてくれる礼だ」

照れているのか、ややぶっきらぼうに彼は言った。

「私に、ですか？」

「あぁ」

「も、もらえないです。料理はボディガードのお礼ですから」

小さな箱を彼に押し返そうとするけれど、その手をギュッと固く握られる。彼の手はすごく熱かった。

「どうしても迷惑っていうんじゃなければ、頼むから受け取ってくれ」

懇願するような声。そんなふうに言われたら断れない。

（だって迷惑だなんて思ってない。むしろ人生で一番嬉しいくらい）

「じゃ、じゃあ。ありがとうございます」

そう言ったら、左京は心から安堵したようにふぅと表情を緩めた。自分の反応に一喜一憂してくれる彼の様子に、温かな気持ちが込みあげる。

「開けてもいいですか？」

「あぁ」

そっとリボンをほどいて箱を開ける。中身はまた箱。ベルベットのような生地でできたそれはリングケースだった。

（え、指輪？）

蓋を開けた蛍は目を丸くした。キラキラと輝くダイヤがぐるりと一周、エタニティリングと呼ばれるデザインのものだ。

「こ、こんな高級そうなもの……」

受け取ったことを少し後悔した。どう考えても自分がもらうべき品ではない。

「結婚指輪代わりにつけてくれないか？」

「でも結婚式や旅行はなしって。指輪も同じかと思っていましたが」

結婚を決めたときにそう結論を出したはずだ。

「あのときはそう思ったが、気が変わった。今の俺は蛍に結婚指輪をつけてほしいんだ。どうしてかわかるか？」

　答えられないでいると、彼はふっと笑って続けた。

「蛍を誰にも奪われたくないからだ。俺の妻だという証が欲しくなった」

（どうしよう。私、どんどん自惚れていきそう）

　左京はそっと指輪を取って、蛍の左手の薬指にはめる。彼はそのまま蛍の手を持ちあげ、指先に唇を押し当てた。

「思ったとおり。似合うよ」

　鼓動がありえないほどの速度で打ちつける。ドキドキという自分の胸の音しか聞こえない。

『蛍を誰にも奪われたくない』

『俺の妻だという証』

　たった今、彼が発した言葉を何度も何度も確かめるように思い返す。

（私たちの結婚生活は期間限定で、いつか終わりがくるかもしれない。それを忘れてはいけない。でも……）

「蛍？」

　顔を傾けた彼と視線がぶつかる。その瞬間にははっきりと自覚した。

――恋に落ちてしまった。

〝誰か〟と親しくなることが楽しかったんじゃない。相手が彼だったから、だから幸せを感じた。まだ知り合って間もないけれど、左京はもう蛍にとって特別な人になっている。

（この指輪はきっと永遠の誓いにはならないだろう。だけど許されている間だけでも）

「ありがとうございます。大切にします」

自然と笑顔がこぼれた。左京が両手で蛍の頬を包んだ。そのままコツンと額がぶつかる。ほんの少し視線をあげれば、彼の美しい瞳がそこにあって……まばたきもできない。

「キスをしてもいいか？」

少しかすれた声はやけに艶っぽくて、蛍をこれでもかというほどに翻弄する。

「あ、えっと。前は許可なんか取らずに勝手にしたじゃないですか。あの尾行をまくときに」

かわいげのない発言をして、蛍は視線を下に落とす。心臓が破裂しそうで、これ以上は目を合わせていられないのだ。

（でも、そうだよね。初めてじゃない）

尾行男を油断させるためだったけれど、左京とはキスをしたことがある。でもその事実は、このドキドキを静める役には立たなかった。

(だってあのときとは全然違う。今の私は……左京さんが好きだから)

左京はふっと苦笑いを浮かべる。

「あの日と今は比べられない。気持ちのあるキスは、まったく別物だろう」

彼も同じように感じている。嬉しくて幸せで、胸が弾む。

その先に待っているかもしれない絶望などもう目に入らない。

「それに今は、蛍に嫌われるのが怖くてたまらないから。自信満々な王さまではいられないよ」

自嘲するように彼は言った。

(今だけはいいかな? この愛に溺れてみたい)

蛍は素直な気持ちを彼に伝える。

「左京さんを嫌いにはならないです、絶対」

長い指がクイと蛍の顎をすくった。

「それはイエスの返事だと解釈していいか?」

蛍がうなずくより早く、彼の唇が触れた。柔らかくて甘い。

初めてのキスは驚愕と恐怖、このふたつしか感じなかった。でも今は——。

（本当のキスってこうなんだ）

胸に温かなものが広がって、心地よさにとろけそう。左京の優しさが全身に流れ込んでくるようだった。

「左京さん」

熱に浮かされた声で彼の名を呼ぶ。ふたりは幾度も唇を合わせた。甘く、熱く、深く。彼のキスは次々と表情を変えていく。身体の芯にともった小さな火が風に煽られたように大きくなり、ジリジリと蛍を焦がす。切なくて、もどかしい。彼を求めて腕を伸ばした。

蛍の手のひらが首筋に触れると、左京の肩がピクリと跳ねた。蛍の顔をじっと見て、困ったようにほほ笑む。

「わかっているのか？　そんな顔を見せられたら俺がどうなるか」

彼の舌が蛍の下唇をペロリと舐める。

「ふ、あっ」

自分でも驚くほどに甘ったるい声が漏れた。開いた唇に左京の舌が差し入れられる。

絡まる舌と混ざり合う唾液の音に、蛍の官能が花開いていく。

ゾクゾクと背筋が震え、脳が痺れる。

「んん、あぁ」

自分の意思に反して嬌声がこぼれた。ゴクリと喉を鳴らした左京が耳元でささやく。

「ほら、そういう声も。俺を狂暴にさせる」

彼の瞳が鋭く光る。獲物を見つけた獣みたいに。彼はもう一度唇を重ねた。さっきよりずっと激しい、貪るようなキス。だけど、蛍の背中を撫でる手は優しくて決して乱暴ではない。注がれる情熱に溺れてみたい、そう思わせられた。

(怖くないといえば嘘になる。でも、知りたい)

未知への恐怖よりも、彼を知りたいという欲求が勝った。彼が見せるどんな顔も、左京のすべてを受け止めてみたい。

「見せてください、狂暴な左京さんを」

かすかに身震いをして、左京はニヤリと笑む。

「もうノーは聞けないから、覚悟を決めてくれよ」

それから彼は蛍を横抱きに持ちあげて、自身の寝室へと移動した。

(左京さんの寝室、初めて入るな)

デスクの上にはノートパソコン、その隣には難しそうな本がたくさん積まれている。

大きめのローベッドを視界の端にとらえて、蛍は恥じらいに軽く目を伏せた。

「怖いか？」

「少し」

甘やかにほほ笑んだ彼の唇が、蛍の額に落ちる。

「優しくする。とかっこよく言い切りたいところだが、蛍がかわいすぎるからどこまで理性を保てるか……あまり自信はない」

ふかふかのベッドに蛍の身体が沈む。シーツからも彼の香りがして、おなかの奥が甘く疼いた。左京は膝をついて蛍に覆いかぶさる。

「うん。ベッドのほうが存分に君を堪能できていいな」

満足そうにつぶやくと、蛍の頬にキスをした。そのまま首筋、鎖骨と順に唇を這わせていく。

「さっきのクリームは全身に塗っているのか？」

「え？」

左京はグイと蛍の脚を持ちあげた。パジャマ代わりにしているロング丈のシャツワンピースがめくれて、白いふくらはぎがあらわになる。

「蛍の身体はどこもかしもいい匂いがして、おいしそうだ。ほら、ここも」

足の甲に唇が押しつけられる。そのまま彼のキスは内側をたどってのぼってくる。脚を開かされる羞恥と内ももを吸われる刺激に、蛍は早くも限界を迎えていた。

「や、あっ。待ってください」

「嫌か？」

「そうじゃなくて、恥ずかしい……」

彼の位置からだと、きっと下着が見えているはず。そんなことを気にするシチュエーションでないのはわかっているけれど、初めての蛍にとってはなにもかもが恥ずかしくてたまらない。

「この状況でその台詞は煽っているとしか受け止められないな」

柔らかな表情とは裏腹に、彼の言葉は意地悪だった。

脚への攻撃はやみ、蛍の顔の両横に彼は手をついた。美しい顔が迫ってきて、ぱくりと食べてしまうみたいに唇を奪われた。

「んんっ」

「心配ない。すぐに、羞恥も理性も飛ぶくらい酔わせてやる」

息もつけない激しいキスの合間に、蛍は必死で彼を呼ぶ。

「左京さんっ」

「だから、俺だけ感じてろ」

彼の指先が器用にボタンを外していく。あらわになった胸元に彼の頭が落ちる。膨らみにかかる吐息がまるで焦らされているようで、背中がぞわりとする。

彼の舌がゆっくりと確実に、桃色の果実をとらえる。ぬるりとした舌先で転がされて、蛍の腰がビクリと浮く。

一方は唇で、もう一方は指先で、巧みな緩急をつけてもてあそばれる。刺激が強くなるときには、あられもない喘ぎがこぼれた。

「や、んあぁ」

「いい声。まずいな、俺のほうが先に理性が飛びそうだ」

左京はクスリと笑って、ますます攻撃の手を強めた。全身に熱いキスを落としながら、蛍の身体を開いていく。

彼の言葉どおり、蛍の脳はすっかり痺れて正常な思考回路は遮断されている。服を脱がされ下着も乱れた状態なのに、もう気にならなかった。左京を見て、声を聞くだけで精いっぱいだ。

横向きに転がる蛍の身体を左京が背中からギュッと強く抱く。うなじを強く吸いあげながら、彼は蛍の身体の前に腕を伸ばす。ももを撫でていた指先がじわじわと内側に入り、ショーツのレースをなぞった。

「あっ」

腰骨に感じたくすぐったさに、蛍の脚がピンと硬直する。

「逆だ。力を抜いて、緩めるんだ」

彼の声は魔法の呪文みたいに響く。蛍は素直に息を吐いて身体を緩めた。それに合わせて、彼の指がするりとなかに入ってきて素肌を探った。

「痛かったり不快だったりしたら言えよ」

なにも知らない自分を気遣ってか、彼はそんなふうに前置きをした。ゴツゴツした指が秘部に埋まっていく。それはとても不思議な感覚だった。たしかに痛みがあるのに、圧倒的な快感がそれを凌駕して苦痛さえ、スパイスに変わる。

泉が満ちて、あふれていく。彼の指先がそれをすくうたびに卑猥な音を立てて、ふたりの熱を高めた。

身体をくるりと回して、彼が蛍に覆いかぶさる。指先を絡めてギュッと強く、左京が手を繋いでくれた。

「……蛍」

甘い声で名前を呼んで、彼はゆっくりと腰を沈めた。

　指先とは段違いの重い衝撃に思わず顔をしかめる。

「あっ」

「悪い、大丈夫か？」

　心配そうな顔を見つめたあとで、蛍は彼の頭を抱き締めた。まっすぐな黒髪に指を差し入れると胸がキュンと高鳴る。

（幸せ。うん。私、今すごく幸せだ）

「大丈夫です。だからやめないで……」

「やめろと言われても、もう無理だ」

　逞しい胸のなかに抱きすくめられて、深いところで彼を感じる。

（大好きな人の腕のなかは、こんなにも幸福なんだ）

　左京に出会わなければ、それを知らないまま蛍は一生を終えていただろう。そう思うと、この瞬間が奇跡のように感じられる。

（左京さんがくれる愛は、永遠ではないのかもしれない）

　自分たちは本物の夫婦じゃないから、この日々がずっと続くわけではないだろう。

　でも、彼とこうなったことに後悔はない。

（未来はわからないけど……今、目の前にいる左京さんは嘘じゃないって信じられる

から。それだけでいい）

翌日の夜。肌を重ねると心までグッと近づくなんて蛍は知らなかった。昨日より
ずっと彼を近くに感じるし、好きが倍増している。

乾燥で手荒れがひどいと左京が言ったので、蛍は自分のハンドクリームを持ってき
て彼の手の甲に伸ばしていた。

「これもゼラニウム？」

ふわっと立ちのぼるクリームの香りを左京が尋ねてきた。

「はい。私の愛用してるフェイスクリームと同じブランドの商品なので」

人工的でない自然なアロマの香りに癒やされるので、色々と揃えていた。

「爽やかなので男性がつけていても変じゃないと思いますよ」

むしろ左京によく似合う香りだと思った。

「いいな。いつも蛍がそばにいる気分になれそうだ」

左京が色気たっぷりにささやくと、空気が急に甘く濃密になった気がする。手に触
れているだけなのに、すごく官能的な行為に思えてドキドキする。

「お、終わりました」

慌てて手を離してソファから立ちあがろうとする蛍の腕を引いて、左京は自分の胸のなかに閉じ込めてしまう。背中から彼に抱かれる形でぴったりと密着する。あまりにもうるさい心臓の音が彼にまで聞こえていないだろうか。

「なんで逃げようとするんだ？」

「逃げたわけじゃ……その、ハンドクリームはこまめに塗るのが大事なので、小さいサイズのものを左京さんにお渡ししておこうかと」

「ありがとう。でもあとでいいよ」

彼の唇が蛍のうなじを這う。

「ひゃっ、左京さん」

「一緒に過ごせる時間は香りだけじゃ満足できない。蛍自身を感じさせて」

優しい手を振りほどけるはずがなくて、蛍はそのまま彼に体重を預けた。

「左京さんって、すごく筋肉質ですよね」

彼の前腕に目を留めて蛍は言った。全身引き締まっていて、がっしりと逞しい。

「あぁ、ずっと剣道をしていたから。肩や腕はとくに筋肉がついたかも」

「へぇ、剣道！　似合いますね」

彼はものすごく美形ではあるけれど、キラキラした王子さまタイプではない。一匹狼っぽい雰囲気は侍を思わせるし、袴はきっと似合うだろう。

「そういえば警察の人は柔道や剣道を習うんですよね？」

「まぁな。どこに配属されたとしても動けるにこしたことはないから」

全国の警察官が腕を競う大会などもあるらしい。初めて聞く内容ばかりで、彼との会話はいつだって楽しかった。

会話がふと止まったところで、左京が思い出したように声をあげる。

「そうだ、来週末はちょっと空けておいてくれないか？」

「なにかあるんですか」

憂鬱そうな顔で彼はため息をついた。

「菅井一族の集まりがあって、蛍にも顔を出してほしいんだ。正直、それ自体は楽しいイベントじゃないんだが……母も出席するから君を紹介したい」

「左京さんのお母さま⁉」

結婚の事情が事情なので、左京の親族には会わないままになるかと思っていたのだが、急展開だ。

「ど、どんな服を着たらいいんでしょうか。緊張します」

「ありのままの蛍でいいさ」

（ほ、本当に？）

「あぁ、もうこんな時間だ。そろそろ寝るか」

彼の言葉をきっかけに、ふたり一緒にリビングを出る。リビングからの導線だと、
左京の寝室よりひとつ手前が蛍にあてがわれた部屋だ。

当然のように自室の扉に手をかけた蛍を、彼が引き止めた。

「どうしてそっちなんだよ」

「え？　私の部屋はここなので」

クスクスと笑って左京が言う。

「まさか、俺はゆうべの一夜かぎりで捨てられるのか？」

左京の瞳がいたずらっぽく細められる。

「冷たいな、蛍は」

「そ、そんなことは！」

「なら」

左京は蛍の肩を抱き、自分の部屋の前まで連れていく。扉を開け、艶めいた声でささやいた。

「これから蛍の眠る場所は俺の隣だ。覚えておけ」

心臓が破裂しそうに高鳴って頬が熱くなる。パタンと扉が閉まると同時に、左京の熱い唇が首筋に押しつけられた。

「一度きりにはしてやれない。俺はまだ全然、足りてないから」

「んっ」

鼻にかかった甘い吐息がこぼれる。彼のキスは首筋をのぼってきて、蛍の耳を軽く食む。

「ひゃっ、あ」

ざらりとした舌で耳孔をくすぐられ、膝の力が抜けていく。左京は蛍の身体を優しく支えつつ、攻撃の手は緩めない。

「蛍の弱いところ、ゆうべたっぷり教えてもらったしな」

今度は唇に甘いキス。角度を変えながら少しずつ深くなっていく。吐息に眼差し、あふれんばかりの左京の色気に酔わされて蛍の頭は真っ白だ。唇が離れてもポーッとほうけたような顔をしていたら、彼がふっと笑った。

「がっついている自覚はあるんだが、蛍があまりにも俺を煽るから……止められない」

「ええ、煽ってなんか」

「いるだろ。その表情も声も、全部俺のものにしたい」

貪るようなキスが繰り返される。ゆうべより少し荒々しくて、でもちっとも嫌じゃない。むしろキスだけじゃ足りなくて、もどかしい。

「左京さん。もっとっ」

思わず言葉にして、蛍はハッとする。込みあげる羞恥に顔が真っ赤になった。

「あ、えっと今のは……」

「ほら。蛍が全力でアクセルを踏むから、もうストップは不可能だな」

左京は楽しそうに笑って蛍を抱きあげる。そのままベッドに運ばれ、ゆうべよりさらに情熱的に愛されてしまった。

五章　偽りの愛が割れるとき

　そして迎えた翌週土曜日。蛍を助手席に乗せた左京の車は、世田谷区の閑静な住宅街を走っていた。三月も半ばを過ぎ、日差しも風もいくらか春めいてきた。

「本家？」

「そう。祖父が亡くなったあとは伯父──父の一番上の兄が当主を務めている。情報交換という名の、腹の探り合いのために時々集まるんだよ」

　今向かっているのは、成城にある菅井本家の屋敷らしい。

「暴力団顔負けの物々しい屋敷だから、赤霧会も手を出してはこないだろう。そういう意味では、今日は安心していいぞ」

　そんなふうに言いつつも左京はさすがのプロ意識で、外に出るときは常に周囲に目を光らせている。

「赤霧会はまだ私をターゲットにしているのでしょうか」

「このところのやつらは妙に静かでな、動向が読めない。だから警戒は解くな」

「はい」

蛍の顔が緊張でこわばったのを見て、左京は話題を変えた。

「ゆうべ、ずいぶん悩んでいたみたいだけど……よく似合っているよ」

洋服のことだろう。彼の言うとおり、ゆうべは遅くまでクローゼットの前でうなっていた。結局、オーソドックスなネイビーのワンピースを選んだ。白い襟がついているので、ドレッシーになりすぎず昼の会食にはちょうどいいかと思ったのだ。靴はT字ストラップのパンプス、ベージュのバッグと色を合わせた。

「子どもっぽくないですか？　というより、左京さんのお母さまの好みに合っているでしょうか」

服選びに悩んだ理由の九割はそれだ。

（偽装結婚だけど義母は義母よね。できれば嫌われたくない）

会社での評判などをかんがみても、自分は決して人に好かれる性格ではない。だから余計に不安だった。

「息子の言葉はあまり信用ならないかもしれないが、母はのんびりした人だからそう気負わなくていいよ。それより……」

左京は深刻そうに眉根を寄せた。

「親族が君に失礼な発言をしたり、偉そうな態度をとったり、とにかく不愉快な思いをさせるかもしれない」

　先日のバレエ鑑賞のときに会った左京の親族を思い出す。

（たしかに、あまり感じのいい人ではなかったな）

　もっとも、彼は遠縁で今日は出席予定ではないそうだけれど。

「結婚の事情がどうあれ菅井姓になったからには紹介しろと、うるさくせっつかれてね。今回かぎりにするから許してほしい」

　心底申し訳なさそうに彼は首をすくめた。

「いえ、ごもっともな意見だと思います。妻の役目を果たせるようがんばります！」

　蛍が明るく返すと、左京にも笑みが戻った。

「そういえば、指輪もよく似合ってる。つけてくれてありがとう」

　彼からもらったエタニティリングは左手の薬指でキラキラと輝いている。この華やかかつ上品なジュエリーのおかげで、そう高級でもないワンピースまで格上げされているように思えた。

　ハンドルを握る左京の手元に蛍は目を走らせる。

（結婚指輪代わりなら左京さんも……そう思うのは、さすがに図々しいかな）

　独占欲を抱くなんて、きっと欲張りすぎだ。だけど、もし蛍が指輪を贈ったら彼はどんな顔をするだろう。自戒の念と期待が同じ重さでせめぎ合う。

「わ。これは本当に……」

組長の家のよう、という言葉はさすがに自重したが左京は察したようだ。

「な、それっぽいだろ」

成城という一等地では考えられないほど広大な敷地に佇む日本家屋。なによりインパクトがあるのが要塞のように高い塀だ。門の前には警備員らしき屈強な男性がふたり、にらみをきかせている。

渋い和風庭園を進んだ先に母屋があった。

「すごいお屋敷ですね」

「あぁ、ここに来るのは仕事より疲れる」

「左京！」

重々しい場とは対照的な軽やかな声が響いた。振り返ると、還暦手前くらいの、小柄で上品な女性がこちらに向かって歩いてくる。

「俺の母親」

そう言って、左京が彼女を紹介してくれた。

（この女性が左京さんのお母さま！）

「はじめまして。左京の母、菅井貴子です」

親しみやすい笑顔の、かわいらしい人。左京とはあまり似ていないかと思ったけれどれ、よく見ると口元はそっくりだ。

蛍は慌てて頭をさげる。

「蛍と申します。ごあいさつが遅れて本当に申し訳ございません」

「説明したとおり事情が事情だから、婚姻届の提出を急いだんだ」

左京がフォローを入れてくれる。ふたりの結婚が赤霧会絡みであることは当然、貴子も知っているようだ。

優しく首を横に振って、貴子は蛍の手を握る。

「私への報告なんか気にしないで。それより、怖い思いをしたでしょう」

表情にも言葉にも、心からの気遣いがにじんでいた。

（よかった、すごく素敵な人）

三人で話をしながら母屋に向かった。

「同じ関東とはいえ、ちょっと遠いのよねぇ」

貴子は左京の大学進学を機に自分の故郷である神奈川県小田原市に戻って、今もそちらで暮らしているらしい。

「毎度来るのも大変だから、適当に理由をつけて断っても構わないのに」

「あら、田舎扱いしないでちょうだい」

「自分で遠いと言ったんじゃないか。それに、菅井家の集まりでは嫌な思いをするだけだろうし」

左京の言葉に貴子は苦笑を返す。

「本当にそのとおりなんだけど。私が参加しないと、あの人たちがまた京介さんを悪く言うでしょう。『嫁選びに失敗した』とかなんとか。それだけは我慢ならないので、雨でも雪でも参加します」

（口元だけじゃなくて、芯の強さもお母さま似だ）

貴子は毅然と言い切った。『京介さん』はきっと左京の父だろう。

今のやり取りを聞くかぎり、菅井一族のなかで貴子はずっと肩身の狭い思いをしてきたのかもしれない。

（左京さんが出世を望むのは、きっとお母さまを守るためでもあるのね）

『不愉快な思いをさせるかもしれない』

左京がそんなふうに言ったのでかなり身構えていたのだが、会合は思っていたより和やかな雰囲気で進んだ。意地悪をされるわけでも、存在を無視されるわけでもないので、やや拍子抜けしたほどだ。

「こんな美人と結婚できるとは！　役得だったな、左京」

「海堂先生には失礼だが……蛍さんはお母さん似かもな」

警察関係者が多いからか、菅井一族はみな恰幅がよく迫力があった。とくに現当主である左京の伯父、啓介のオーラはすごい。もう定年しているとはいえ警視総監までのぼりつめた男の威厳は健在だった。

この場に集まっているのは五十代、六十代が中心だが、左京と同世代と思われる男性も三名。彼のイトコだそうだ。

「ひとりは防衛省、残りのふたりは俺と同じく警察庁の所属だ」

左京がそう教えてくれた。つまり全員官僚、本当にエリート一族のようだ。

ところどころわからない話題もあったけれど、大きな粗相なく終えることができて蛍はホッと胸を撫でおろした。

「左京さん。帰る前にお手洗いをお借りしてもいいでしょうか」

小声で彼に聞くと、隣にいた貴子が「私が案内するわ」と申し出てくれた。

時代劇の撮影セットのような、長い廊下を歩きながら貴子と話をする。

「緊張した？」

「はい、少し」

彼女は優しくほほ笑みながら言った。

「蛍さん。左京を、末永くよろしくお願いしますね」

「え？　でも私たちは……」

本物の夫婦ではない。貴子もそれは知っているはずなのに、どういう意味だろう。

「あの子ね、『この家の人たちを見返してやる』って駆け足で大人になろうとしていた。恋とか友情とか青春とか、そういう楽しみを全部切り捨てて……でも、左京の一途さって脆さでもあると思うから。母親としては心配でね」

貴子の言いたいこと、なんとなくわかる気がした。左京は自分に厳しく、甘えを許さない。完全にリラックスする時間はきっと少ないのじゃないかなと思う。

「左京に、心を許せる相手が見つかるといいなとずっと思っていたの」

彼女の言葉に蛍はうなずく。

そこで貴子は、ふふっと嬉しそうに口元を緩ませた。

「でもさっき、並んで歩くふたりの姿を見てびっくりしたわ。本物の夫婦みたいに肩を寄せ合って。左京が誰かにあんなふうに優しく笑いかけるところ、初めて見たから」

「そ、そうでしょうか」

「えぇ！　左京にもやっと安らげる場所が見つかったのね。嬉しくて涙が出そう。だから蛍さん、愛想を尽かさないでやってね」

「そんな。愛想を尽かされるとしたら、きっと私のほうです」

貴子が想像しているほどの関係になれているかは正直自信がないけれど、でも彼女が心から安心したように笑うから、これ以上なにか言う必要はないだろう。

トイレの前で貴子が聞く。

「帰り道はわかる？」

「はい、大丈夫です。お義母さまは先にみなさんのところへ戻っていてください」

「そうね。じゃあ先に」

広い屋敷だけれど、さっきいた客間からここまではまっすぐだったので迷う心配はないだろう。

トイレを済ませ、落ちかけていたリップを塗り直して、蛍は左京のもとへ戻った。が、客間に彼の姿はない。貴子もいなかった。

（玄関のほうかしら）

みんな、もう帰り支度を始めているので誰かの見送りかもしれない。蛍はまた廊下に出た。トイレとは逆の方向に進んでいると、ある部屋の扉が少し開いているのに気がついた。無意識にチラリとなかを見る。

（あ、左京さんだ）

後ろ姿だけれど、あのライトグレーのジャケットは左京のものに間違いないだろう。扉の開き具合の関係で、彼がひとりなのか誰かと一緒かはわからなかった。でも、ここは左京の自宅ではない。ひとりで勝手に部屋に入りはしないだろうし、きっと誰かと話をしているのだと思った。

（先に玄関で待っていよう）

そう思って通り過ぎようとしたとき、「海堂治郎の隠し子」という単語が蛍の耳に飛び込んできた。確証はないけれど、当主である啓介の声に思える。

（私の話？）

気になって、蛍は足を止めた。

「いいコマを手に入れたな。あの娘をうまく使って、なんとしてでも赤霧会をつぶせ」

（コマ……）

菅井家にとって自分は〝普通の嫁〟とは違う。十分に理解していたつもりだけど、先ほど優しく対応してもらえたぶん少しショックだった。

「なに、おとりにしても問題はない。隠し子なんか、当の海堂治郎が一番厄介に思っているだろうからな」

続いた啓介の言葉がさらに追い打ちをかける。

左京は治郎に恩を売るための結婚だと言ったけれど、それだけでなく対赤霧会のためのコマとしても利用できる。菅井家はそう踏んだから、ふたりの結婚を承諾したのだろう。

蛍はグッと下唇を噛んだ。

(そうか。彼らが優しかったのは、私を使えるコマとして手元に置くためだったのね)

啓介に対して、左京がなにも答えないことも蛍の胸を深くえぐった。

(左京さんも……同じなの?)

「いいか。情が移ったなどと言って私を失望させるなよ、左京」

啓介の低くうなる声が届く。それから彼はクククッと皮肉げな笑い声をあげる。

「まぁ、お前には必要のない忠告か。私はな、正直自分の息子よりお前に期待をかけているんだ。なぜかわかるか?」

左京は無言だ。

「お前が出世のためならすべてを捨てられる男だからだ。親父も俺も、そうやってのぼりつめた。次は左京、お前の番だ。女に惑わされたりするなよ」

「馬鹿なことを。俺が女ひとりのために、これまでの人生を棒に振るとでも？　ありえない」

ようやく聞こえてきた左京の言葉は、蛍にとって残酷すぎるものだった。

頭から冷水をかけられたように、全身が凍りつく。蛍の細い肩がカタカタと震えた。

これ以上聞いていたら心が粉々に壊れそうで、蛍は必死で耳を塞ぎその場から立ち去る。

なにも考えたくない。脳はもう働くのを拒否しているのに、あまりにも簡単だから理解できてしまう。

（結局私は……海堂家からも菅井家からも左京さんからも……必要とされてはいなかったんだ）

左京がくれた優しさ、熱く抱き合った夜、キラキラと輝く大切なものたちが指先からすり抜け、こぼれ落ちていく。

（全部、幻だったの？）

痛くて、痛くて、消えてしまいたくなる。

マンションに戻るなり、左京は心配そうに蛍の顔をのぞいた。

「疲れたか？　顔色が悪いぞ」

「ちょっと、頭が痛くて。今夜は自分の部屋で休ませてください」

初めて抱き合ったあの夜以来、彼の部屋で一緒に眠るのが当たり前になっていた。腕枕をしてもらって、眠りにつくまで何度もキスを交わして。だけど、今は彼のそばにいるのがつらい。

「料理にはまったく自信がないが、おかゆくらいならなんとか。必要なら言ってくれ」

「いえ、今夜は食欲もなくて」

誠実そうな彼の瞳に、蛍は乾いた笑みを浮かべる。

「おやすみなさい」


潜り込んだひとりきりのベッドは、ひんやりと冷たくて寂しさがつのった。

（左京さん、演技上手なんだな）

蛍の異変を心から心配している顔だった彼を思い浮かべて、苦笑を漏らした。

考えたくないのに、次から次へと左京との時間が蘇ってくる。

未来は不確かだけど、今の自分たちには温かな愛が芽生えている。蛍はそう信じていた。

（でも、そう思っていたのは私だけ？）

恋愛経験ゼロな蛍を手懐けるのは、彼には簡単な仕事だったのだろうか。

胸が苦しくてつぶれそう。だけど、頭の片隅にいる冷静な自分は「仕方ない」と諦めてもいた。

左京が出世を望むのは父と母、大事な家族のためだ。知り合って間もない、押しつけられた偽装結婚の相手である蛍より優先するのは当然のこと。

（左京さんは最初から『出世のため』と言っていた。私を騙したわけじゃない）

自分は、浮かれて勘違いをして勝手に落ち込んでいるだけだ。

「左京さんに好きになってもらえるかも……本気でそう思っていたなんて恥ずかしい」

泣きそうな声でつぶやいて、蛍は頭から布団をかぶった。

翌朝。よそよそしい態度の蛍を不審に思ったのだろう。

「蛍」

右の手首をつかまれて、蛍は軽く振り向く。厳しい顔つきの左京がこちらをじっと見ている。

「やはり、昨日の菅井家の集まりでなにかあったのか？」

「いいえ。みなさん親切にしてくださいましたし、お義母さまとお会いできたのも嬉しかったです」

無理やり口角をあげて答える。嘘はついていない。彼らはただのコマでしかない蛍を丁重にもてなしてくれたし、貴子は本当に素敵な女性で話せて楽しかった。

「だが」

「ごめんなさい。今日はいつもより早く出勤しないといけなくて」

まだなにか言いたそうにしている左京を避けるように蛍は家を出た。

いつものように、蛍は同僚と雑談などはせず淡々とキーボードを叩いていた。ゆうべはあんまり眠れなくて頭がぼんやりするけれど、思っていたよりはきちんと仕事をこなせている。しかし、それが大きな勘違いだったと気づいたのは夕方六時の業務終了ベルが流れたあとだった。

（しまった。うっかりしてた）

明日の朝までに終わらせなければならない仕事があったのに、すっかり忘れてまだ期日に余裕のある仕事に丸一日を費やしていた。

（どうしよう……って、今からやる以外ないわよね）

長時間残業を覚悟して、蛍はいつも迎えに来てくれる左京の手配した運転手に電話を入れる。今日はタクシーをつかまえるからと説得し帰ってもらった。

（むしろよかったのかも。左京さんと顔を合わせている時間を減らせるし）

電話を終えてデスクに戻ると、山のように積まれた書類を前に腕まくりをする。

隣の席の唯は、もう帰り支度を済ませて席を立つところだった。小花柄のフレアスカートがふわりと揺れる。

「おつかれさまでした」

蛍がそう声をかけると、彼女はチラリとこちらのデスクを一瞥する。

「それ、今から全部やるんですか？」

「うん」

「誰かに押しつけられたとか？」

蛍は笑って首を横に振る。

「違うよ、私のミス。締切が明日の朝なのをすっかり忘れてて」

ちょうどそのとき、フロアに入ってきた別部署の女性が「おつかれさま～」と唯に声をかけた。

「もう出るところなら一緒に行こうよ」

たしか彼女は唯の同期だ。このあとに約束でもあるのだろう。

唯が彼女に返事をする。

「ごめ～ん！　今日パスしてもいいかな？　すっごく大事な用事を思い出しちゃって」

「え～⁉　かわいい子呼んでねって頼まれてたから、唯の予定ありきで今夜にしたのに」

ドタキャンされた彼女は不満げだ。

「本当にごめん！　絶対埋め合わせするから」

「も～」

しばらく話したあとで彼女は出ていった。大事な用を思い出した唯も急いで帰るのだろうと思っていたら、彼女はストンと自分の席に腰をおろした。

今日はノー残業推奨デーのため、経理部のフロアに残っているのは自分たちだけだ。

「帰らなくて平気なの？　大事な用事なんじゃ」

唯は自分のパソコンを再起動しながら答える。

「明日朝が締切の仕事、大事な用事ですよね」

「えぇ⁉」

驚きすぎて蛍は椅子からずり落ちそうになった。手伝ってくれるつもりだろうか。

「半分まではやらないですよ。三分の一だけ」

言いながら、彼女は蛍のデスクの書類を三分の一、奪う。

なにが起きているのかわからなくて、蛍は目を丸くして固まっていた。

（山下さんが私を手伝う？　そんなことありえるのかな）

唯がギロリとこちらをにらむ。

「さっさと手を動かしたほうがいいんじゃないですか。この量を今夜中って、なかなかハードですよ」

「う、うん」

彼女にならって蛍もパソコンに向き直る。画面を見つめたまま、唯が言った。

「別に親切心ってわけじゃないんで勘違いしないでくださいね。今日の合コン、全然気乗りしなかったんで」

蛍は曖昧な相づちを打っただけだが、唯はお構いなしに続けた。別に蛍に聞いてほしいわけではないのだろう。

「相手は最大手の自動車メーカー勤務と聞いたからＯＫしたのに、実は子会社だったって今日になって知っちゃって。奮発して二万もする服を買ったのに、お金返してほしいって感じ」

ブツブツ言いながらも、きっちり手は動かしてくれている。今日も、彼女の爪はダークブラウンのベースにクリスタルが輝いていて綺麗だった。

「理由はどうあれ、本当にありがとう。助かります」

「いえ」

唯はブスッとした顔のまま、小さな声で返事をした。

「以前の会議室の件……借りを残したままにしておくのも嫌なので」

(あの件、気にしてくれていたんだ)

相容れないと思っていた彼女と助け合えたこと、なんだか少し嬉しく感じた。

その後は無駄話もせずに、ふたりで黙々と仕事を片づけていった。

夜九時半。唯は約束の三分の一を終えるとパソコンを閉じた。

蛍のぶんはあと少し残っているけれど、彼女のおかげで自分も日付が変わる前にはマンションに帰れそうだ。

「じゃ、私はこれで。消灯チェックは大槻さんにお任せしていいですか？」

最後にフロアを出る人間が電気や冷暖房を切り、管理簿にチェックをつけるルールになっているのだ。

「もちろん」

ちなみに蛍は結婚後も旧姓の大槻で仕事をしている。そもそも結婚自体、上司と人事部にしか伝えていない。「みなさんにご報告」的なイベントを蛍にやられても、部のみんなも反応に困るだけだろうと思ったからだ。

席を立った唯に蛍は呼びかけた。

「山下さん！　本当にありがとう」

「……どういたしまして」

「それと、以前に私が山下さんのネイルを注意したことがあったの、覚えてる？」

唯の指先には、いつも華やかなネイルアートがほどこされている。会社は別にネイルを禁止にしているわけじゃない。だけどキーボードを打ちづらそうにしていた彼女を見て、つい『やめればいいのに』と冷たく言ってしまったのだ。

（あのときは正論だと思ったけど、今から考えると言い方ってものがあったわよね）

もっとも彼女はネイルをやめるのではなく、キラキラした爪で器用にキーボードを打つ技術を身につけたようだけれど。

「嫌な言い方だった。今さらだけど謝らせてほしくて」

「まぁ、正直あれは感じ悪いなと思いましたね」

唯は自分のネイルに視線を落とす。少し迷うそぶりを見せてから顔をあげた。

「誰にも話していないんですけど、私、親指の爪に生まれつきの欠損があって……人に見られるのも嫌だし、視界に入ると自分のテンションもさがるんです。だから誰になにを言われてもネイルをやめる気はありません」

初耳だったのでとても驚いた。

「そんな事情があったの？」

（私って本当に未熟な人間だったんだな。相手を知ろうともせず、一方的に決めつけて……）

唯は自分とは違うタイプの子で相容れないと、勝手に判断した。心のどこかで、ファッションや恋を楽しんでいる彼女に嫉妬もしていたのだと思う。

落ち込む蛍に、唯は慌てたように言葉を重ねた。

「でも謝罪はいりませんから！　それをされると、こっちもこれまでの嫌がらせを謝らないといけなくなるし……」

たしかに彼女にはチクチクと意地悪をされた。でも、最初のきっかけをつくったのは蛍のほうだったのだ。

「ううん。やっぱり謝らせて。傷つけてごめんなさい」

蛍は彼女に頭をさげた。唯はふぅと細い息を吐く。

「なんか最近、大槻さん変わりましたよね。……いいご結婚をされたんですね」

さらりと言われて仰天する。

「え、えぇ⁉　知ってたの？」

「この前、課長がペロッと喋ってましたよ。大槻さんはプライベートに干渉されるの苦手そうだから、みんなあえて話題にしないだけで」

「……そうだったんだ」

職場の仲間は自分が思う以上に蛍を理解し、気遣ってくれていたのかもしれない。自分の無知さが恥ずかしくなる。

「さてと。のろけを聞く気はないので私は本当に帰りますね」

フレアスカートをひるがえして足を踏み出した彼女に、蛍はもう一度礼を言った。するると、唯は立ち止まり振り返った。

「私もこれまでの意地悪、申し訳ありませんでした。ずっと大嫌いだと思ってましたけど、最近の大槻さんはそんなに嫌いじゃないです。それじゃ！」

早口に告げて、バタバタと彼女は帰っていった。

(もしかして和解できたのかな？)

絶望の底にいる気分だったけれど、意外すぎる人に力をもらった。

『最近の大槻さんはそんなに嫌いじゃないです』

彼女の言葉を素直に嬉しく思った。

蛍が変わったとすれば、それはやっぱり左京のおかげで……。

(困ったなぁ、嫌いにもなれない)

思わず苦笑いがこぼれる。

彼の本音を知った今、いっそ憎んでしまえたら楽になれるのにそれもできない。左京と出会わなければよかったとは思えないのだ。

ふとデスクの上のスマホに目を向けると、新しいメッセージを受信していた。手に取って確認する。送り主は左京だった。【今日は残業で遅くなる】と蛍から送ったメッセージへの返事だろう。

【了解。俺も今日はかなり遅くなるから、帰宅時と帰ってからの戸締まりには気をつけて】

彼の『遅くなる』は、日付をまたぐという意味だろう。残りの仕事を終わらせてから帰っても、きっと蛍の帰宅のほうが早い。

どこか安堵する思いだった。

(先に眠ったふりをすれば、今夜は顔を合わせなくて済む)

避け続けていてもなにも解決しない。だけど、どうしていいのかわからないのだ。

菅井家の目的は〝蛍をおとりに使ってでも赤霧会をつぶす〟で、彼らは蛍の身になにかあっても構わないと考えている。左京もそれを受け入れているという事実は、思い出すたびにやっぱり胸が痛む。

(今のまま左京さんのそばにいたら危険な目にあうの?)

かといって、ほかに行く当てもない。以前住んでいたマンションは解約済みだし、新婚の美理の家にお邪魔するのも無理だ。彼女を巻き込むわけにはいかない。

そもそも左京と離れてひとりになったら、すぐ赤霧会につかまる可能性もある。

(まさに詰み、ってやつね)

どちらを選んでも危険なら、おとりとして警察の力になるほうが世のため人のためかもしれない。

(左京さんの役にも立てるかな)

結論はまったく出ないまま、蛍はどうにか明日の朝が締切の仕事を終えた。フロアの消灯作業を済ませて帰ろうとしたところでスマホが鳴る。左京かと思ったが、画面に表示された名前は晋也だった。

(如月さん？　遅い時間に珍しいな)

「もしもし」

『すみません、蛍さん。急ぎのお話がありまして、今どちらですか？』

スマホの向こうの彼は深刻そうな様子だった。なにかあったのだろうか。

「まだ会社です。今から帰るところですけど」

『では、そちらにお迎えにうかがっても？　帰りはお送りしますので』

蛍の言葉にかぶせるようにして晋也が声をあげる。ひとりより彼と一緒のほうが安心だし、断る理由はなかった。

「わかりました。ではお待ちしていますね」

晋也の車は十分もしないうちに蛍の会社の前に到着した。

「わざわざ来ていただいてすみません」

「いえ。赤霧会の件もありますし、夜遅くに蛍さんをひとりで歩かせるわけにはいきません」

車が走り出してから蛍は尋ねた。

「車、買い替えたんですか？」

今日の車は国産メーカーの黒のコンパクトカー。晋也は高級なイタリアメーカーの車に乗っていたはず。あまり見かけない、モスグリーンのボディカラーが素敵だった。

「えっ、あぁ、はい。飽きてしまったので」

少し意外に感じた。『憧れていて、やっと手に入れたから』と、前の車をとても大切にしていたはずなのに。今日の車は街にもたくさん走っている大衆車で、車好きの彼の好みではなさそうに思う。

(使い勝手を重視することにしたとか?)

きっと車に乗らない蛍にはわからない別の理由があるのだろう。そう考えて詮索はしなかった。

(どこに向かっているのかな)

気になったけれど、晋也は険しい表情で黙りこくっているので聞けなかった。

三十分ほど走ったところで彼は車を停め、「こちらの店です」と蛍を案内した。

初見では絶対に見つけられない入口からエレベーターで最上階にあがる。ラグジュアリーな会員制のバーだった。政治家秘書という職業柄、晋也はこういう店をよく知っている。

(私、会社帰りの普通の格好だけど大丈夫かな?)

夜景を楽しめる窓側の席に座っている客はみな、それなりにドレスアップしている。

通されたのは奥の個室で、黒革のソファに座る先客がいた。

「え？」

「ものすごくお久しぶりね、蛍さん」

きちんとセットされたショートヘア、光沢あるブラックワンピースの胸元で大粒のルビーが輝いている。年は五十代半ば。決して若づくりはしていないのに華やかで若々しい。

「……芙由美さん」

治郎の妻、芙由美だった。一見にこやかでも、瞳の奥は笑っていない。蛍への嫌悪がありありと浮かんでいるように見えた。蛍は彼女の向かいの席に腰をおろす。晋也は蛍の隣だ。芙由美は赤ワイン、蛍と晋也はノンアルコールカクテル。頼んだ飲みものが届けられると、彼女はすぐに話し出した。

「如月を責めないであげてね。私がどうしてもと命じたのよ」

晋也は申し訳なさそうに身を小さくしている。

「はい」

責めるつもりはない。晋也が雇い主の意向に従うのは当然だ。

芙由美はズイッと身を乗り出して蛍を見る。

「本題に入りましょうか。あなたも私と長く一緒にいるのは嫌でしょうし」

肯定も否定もしづらいので黙っておく。

「はっきり言うわ。蛍さん、しばらく海外にでも行ってくださらない？」

「え？」

思いがけない話で、すぐにはのみ込めなかった。芙由美は「鈍いわね」とでも言いたげなため息をつく。

「赤霧会とかいうヤクザに、あなたがつかまると面倒なのよ。事件になったら、きっとメディアが騒ぐでしょうし」

そこまで聞いて、やっと彼女の主張が理解できた。芙由美は蛍が赤霧会につかまる心配をしているわけではない。付随して起こるあれこれを懸念しているのだ。

「私が海堂治郎の隠し子だと、世間に知られるのを恐れているんですね」

「そのとおりよ。あなたは知らないかもしれないけどね、夫が今の地位にあるのは海堂の名前のおかげ。あの人自身はなんの力もないの」

辛辣だが間違いではないだろう。治郎は芙由美の父である実光の地盤をそのまま引き継いだはずだから。

「だからこそ、唯一の武器である〝家庭的で庶民派でクリーンな政治家〟っていうイメージは大事なのよ」

芙由美はお嬢さま育ちだが、決して世間知らずではない。政治家の娘として育ち、今は有能な政治家の妻だ。

「私たちの世界ではありふれた話だけど、有権者の国民はそれで納得してはくれない。隠し子なんてイメージダウンもいいところよ」

芙由美はフンと鼻で笑った。

「たとえ蛍さんが人質になっても、海堂家が助けてあげられるか……約束はできないわ。かわいそうだけどね」

約束はできない、彼女にしては優しい言葉を選んでくれたのだと思った。

(ようするに、海堂治郎の名に傷がつくくらいなら私を見捨てると言いたいのね)

自分には人質としての価値がない。薄々察していたので、ショックは受けなかった。

「この提案はあなたへの情けよ。もちろん、向こうで困らないだけのお金は恵んであげる」

反論しないでいたら、強引な彼女に押しきられそうだ。蛍は焦って口を挟む。

「で、ですが、国内にいても私の安全は菅井さんが……」

知ってしまった菅井家の思惑が頭をよぎりながらも左京の名を出す。すると芙由美はおもしろいことを聞いたという顔で目を瞬いた。

「父娘揃って甘いわねぇ。治郎さんも『菅井家に任せておけば安心』とでも思っているんでしょうけど……教えてあげるわ」

芙由美はにっこりと笑って言った。

「この国でもっとも信用しちゃいけない人種は、政治家と官僚よ」

なにも言い返せなくて蛍は唇を噛む。実際に、菅井家は蛍の安全などはどうでもいいと考えている。その件を芙由美は知らないはずなのに、さすがだ。

「あなたの偽りの旦那さまよりは私のほうがまだ、蛍さんの身を案じてあげていると思うけどねぇ」

彼女の瞳に哀れみの色が交じる。

（赤霧会から逃げるため海外に行く？）

そうすべきなのか、実現可能なのか。考えがまとまらない。

芙由美はクイッとワインを喉に流すと、音を立ててグラスを置いた。彼女のかすかなイラ立ちが伝わってくる。

「とにかく、面倒なトラブルはごめんなの。自分が邪魔な存在でしかないと、きちんと自覚してくれるかしら？」

彼女の立場からすれば、そのとおりなので反撃の余地もない。

芙由美は席を立ち、冷たく蛍を見おろす。

「今夜のことは私の独断で、治郎さんはなにも知らないわ。だけど、あの人は私には決して逆えない。わかるでしょう」

芙由美の意向は海堂家の意向、そう言いたいのだろう。

「またすぐに如月を通じて連絡するから、決断は急いでちょうだいね」

芙由美はピンピールをカツカツと鳴らしながら去っていった。

「蛍さん。大丈夫ですか？」

呆然としていた蛍は晋也の声で我に返る。

「あっ、はい。急なお話だったのでびっくりして」

少し逡巡してから晋也は口を開いた。

「蛍さんの安全を第一に考えると、私も奥さまに賛成です」

「如月さんも？」

彼は力強くうなずく。

「赤霧会の狙いは蛍さんではなく、あくまでも海堂先生です。蛍さんを追いかけて海外にまで出向くとは考えにくい」

　晋也の主張は一応の筋が通っていた。赤霧会は治郎の関係者に目をつけているだけなので、蛍でなくても構わないのだろう。実際、彼らが蛍以外にもターゲットを探しているという話は左京から聞いていた。

「でも、暴力団って海外にも仲間がいたりしそうだし……そういう心配はないんですか？」

「もちろん、どこの国に滞在するかはきちんと考えます。たとえば、アメリカなんかは日本の暴力団員の入国を厳しく規制しているので安全性が高いかと」

「そうなんですね。だけど私にも仕事がありますし、菅井さんが納得してくれるかどうかも」

　左京はコマである自分が逃げるのを止めるだろうか。

　そこで晋也の眉がピクリと動いた。

「それなんですが……」

　彼は蛍の両肩に手を置き、真剣な顔を向けてきた。

「もしかしたら彼をあまり信用しすぎないほうがいいかもしれません。芙由美さんの意見を聞いて私なりに調べてみたんですが、菅井左京という男はとても非情な人間でした」

「非情？」

晋也は申し訳なさそうに軽く目を伏せる。

「頭脳明晰で仕事ができる。その評判だけを信じて、海堂先生も私も、蛍さんを安心して任せられると思ったのですが……どうも彼は、出世のためなら平然と人を切り捨てる人間との悪い噂も多いようなんです」

晋也が嘘を言っているようには見えなかった。実際、左京にはそういう厳しい面があるのだろう。

（私のことも切り捨てるのかな？）

「その辺りも踏まえてよく考えてみてください」

帰りは晋也がマンションまで送り届けてくれた。部屋に着いたのはもう深夜十二時近かったが、明かりはついていなかった。

（左京さんは朝帰りかもな）

最近は蛍の護衛のために早く帰宅してくれるが、もともと官僚の朝帰りは珍しいものではないそうだ。朝方に一度帰宅して、着替えてまた出勤するらしい。

（睡眠不足で体調を崩さないといいけど）

この期に及んでも、彼を心配している自分に笑ってしまう。

まだ左京と顔を合わせる覚悟はできていないので、サッとシャワーを済ませて自分の部屋のベッドに潜り込む。残業をして、芙由美から驚きの提案をされて、おまけにゆうべも寝不足。頭も身体も限界まで疲れきっているはずなのに、どうしてか今夜も寝つけなかった。一時間か、もしかしたらもう少し経ったかもしれない頃、扉の向こうの廊下に明かりがついた。

（左京さん、帰ってきたんだ）

時間も時間なので、きっと蛍は寝ていると判断してくれるだろう。そう思っていたのに、トントンと小さく扉がノックされた。

蛍は慌てて目をつむり、寝たふりをする。扉が開いて彼が入ってくる気配がした。額に優しいぬくもりを感じる。きっと左京の手のひらだ。続いて、蛍を起こさないよう気遣っているのだろう小さな声。

「よかった、無事に帰っていたんだな」

蛍が寝ているのはわかったうえで顔を見に来てくれたのかもしれない。しばしの時間が流れたあとで、頬に柔らかいものが触れた。

「──愛してる、蛍」

慈愛に満ちた優しい声音は胸の奥深くに染み入るよう。

「おやすみ」

気配が遠ざかりパタンと扉が閉まった。足音が聞こえなくなったのを確認してから、蛍はこらえきれず嗚咽をこぼした。両手で口元を覆ってもかすかな泣き声が部屋に響いた。頬を伝って落ちる滴が枕を濡らす。

（私が眠っているときも律儀に演技をしてくれるの？　それとも……）

ずっと聞きたくてたまらなかった『愛してる』の言葉、どうして今だったんだろう。

（先日の菅井本家での左京さん、私の目の前にいる彼、どちらを信じたらいいの？）

六章　なにもかも捨ててもいい

『いいか。情が移ったなどと言って私を失望させるなよ、左京』

『お前が出世のためならすべてを捨てられる男だからだ。親父も俺も、そうやってのぼりつめた。次は左京、お前の番だ。女に惑わされたりするなよ』

警察組織の壮絶な出世レースを勝ち抜いた男の言葉には、なかなかの重みがある。

もっとも、その覚悟を持って進んでもボロボロと脱落していく世界ではあるが。

左京は不敵な笑みを浮かべて、伯父である啓介を見返す。

「馬鹿なことを。俺が女ひとりのために、これまでの人生を棒に振るとでも？　ありえない」

しばしの沈黙が流れる。ゆっくりと、啓介は片頬をあげてニヤリとする。

「そうか。それなら安心――」

そこで彼の言葉を遮り、左京は言う。

「と、以前の俺なら言ったでしょうね」

大嫌いな男だが、啓介は正しいと信じていた。だからこそ、彼と同じように仕事と出世だけを考えて生きてきたのだ。

（恋や愛は邪魔でしかなく、家族を持つなど足枷だと……そう思ってた）

でも三十四年間持ち続けてきた信念は、ひとりの女との出会いであっさりとくつがえった。

（蛍の笑顔のためなら、出世も仕事も自分の命すらも惜しくはない）

「おい。なにを考えている？」

啓介がドスのきいた声を出す。左京はそれをクックと笑い飛ばした。

「簡単ですよ。俺は蛍を守るために動く。菅井家の手柄など知ったことじゃない」

「熱でもあるのか、左京。色恋に溺れた馬鹿な男に成りさがる気か」

額に青筋を浮かべて、啓介はグッと左京の胸ぐらをつかんだ。

色恋に溺れた馬鹿な男。まったくそのとおりだが、こんな自分を嫌いじゃない。いや、これまでの自分よりずっとずっと好きになれそうだ。

左京は彼の手を振り払い、言ってのける。

「考えてみたら、クソだと思っている人間に追従するほうがどうかしていました。――俺は俺のやり方で、あんたをこえてみせる」

「……しょせん、落ちこぼれの子は落ちこぼれだな」

　左京はにっこりと笑って、苦虫を噛みつぶしたような啓介の顔をのぞく。

「そういえば聞きましたよ。奥さん、出ていったそうですね」

　啓介は家庭をかえりみない男だった。結果、妻は不倫に走り、いつしかそれが本気になって間男のほうと添い遂げる決意をしたようだ。不貞を働いていたのは妻のほうなのに、一族内からすら聞こえてくるのは「仕方ないね」の声ばかり。誰も啓介に同情はしていない。かつての部下のなかで、今も彼の話に耳を傾けてくれる者がどれだけいるだろうか。警視総監でなくなった彼に、なにが残っただろう。

　そう思うと、啓介の威厳がだんだんと虚勢に見えてくる。

　彼は「ははっ」と乾いた笑い声をあげた。

「出世より温かい家庭。お前も腑抜けになったたな」

「いいえ。俺はどっちも手に入れます」

　彼は片方しか手に入れられなかった。自分はどちらもつかみ取る。

「落ちこぼれ、じゃないと証明してみせますよ。だから俺の仕事ぶりには、これまで以上に期待しておいてください」

　そもそも、父の名誉のために出世しようなんてひとりよがりな自己満足でしかなかった。左京の父は他人の物差しなんか気にする人じゃなかったのに。

自分は未熟で、両親の思いを理解しようともせずただ突っ走っていただけ。蛍に、心から愛する女性に出会って、ようやく変われた。きっと父と母は、左京の成長と幸せを祝福してくれるはず。

左京はほほ笑み、蛍とのこれまでを思い返した。

＊＊＊

「蛍を……娘を、どうかお願いします」

左京に向かって、大物代議士の海堂治郎が深々と頭をさげる。膝の上で握り締めた彼のこぶしはかすかに震えていた。

(身勝手な男だが、隠し子である娘への愛情はちゃんとあるんだな)

海堂家は妻である芙由美の権力が大きいだろうから、治郎は隠し子への愛情を表に出すことができないのかもしれない。とはいえ、左京は同情でほだされる男ではない。

彼女との結婚話を伯父の啓介から持ちかけられたのは、京都出張から帰ってきてすぐのことだった。

最初はただただ面倒に感じた。だが、イトコたちはみな結婚しているから左京以外に適任者がいないという一族の意見も理解はできた。海堂家からの頼み、むげにもできないだろう。なにより警察組織の一員として、なんの罪もない治郎の娘は守ってや
るべきだとも思っている。

だからまぁ、この場に来ると決めた時点で引き受ける覚悟はできていたのだ。

(海堂治郎が娘を愛しているのなら、俺にとっても悪い話ではないかもな)

大事な娘を守ってやれば彼は自分に恩を感じるはず。それはいつかプラスの形で
返ってくるかも、左京は冷めた頭でそんな計算を働かせた。

「承知しました。蛍さんと、結婚します」

「あぁ、ありがとう。左京くん」

左京の言葉に、治郎は心からの安堵を見せた。

その後に写真を見て〝大槻蛍〟が京都で会った彼女だと知った。凛とした立ち姿と
どこか寂しげな瞳が脳裏に蘇ってきて、運命のいたずらに驚く。
だが、彼女に対して特別な感情を抱くなどとは露ほども思わない。左京はそんな心
はとっくの昔に捨て去った。はずだったのに……。
「あの人のお金にはできるだけ頼りたくないんです。頼ったら憎むこともできなくな

るから……。くだらない意地なのはわかっていますけど」

彼女の口から語られた父親への複雑な思い。自分と似たような、ちっぽけな意地を必死に抱えて生きてきた彼女がいじらしかった。〝警察官として、守らなければ〟だった彼女への気持ちが〝自分が守ってやりたい〟に変わっていく。

「離婚届も一緒にもらっておけばよかったかなと思いまして」

婚姻届を提出した直後、彼女はそんなふうに言った。本当は左京も気がついていた、離婚届をもらっておく手もあるなと。だが、どうにもおもしろくない。

婚姻届を出しに行くときはあんなに軽やかだった足が、離婚届をもらいに戻ると考えたら途端に重くなった。

それから数日後、左京は早くも自身の恋心を自覚するに至った。蛍から職場の話を聞いて、彼女が自分以外の男性と親しくなりかけている事実に嫉妬したのだ。

(あぁ、俺は彼女に惹かれはじめているのか)

そう考えると、これまでに経験のない自身の感情の揺れも納得できる。蛍をほかの誰にも奪われたくない。けれど、この感情を彼女にぶつけることには強いためらいが生じた。

海堂治郎やら赤霧会やら、左京は打算ありきで彼女の夫となった。その立場を利用して蛍の愛を得ようとするのは、『青い血が流れる』などと揶揄される左京でもさすがに良心が痛む。

（今さら惚れてはならない。自分にはそんな資格がない）

必死に気持ちに蓋をしようとするけれど……。

「ひとりで平気。そんなふうに強がっていたけれど危険が間近に迫ってみると、やっぱりひとりきりは怖くなって」

自分には人質の価値すらもない、ひとりぼっちだと震える彼女を前にしたら……あれこれ考える余裕などなく、気がついたら抱き締めていた。

いくらでもすがっていい、頼ってほしいと思う。むしろ自分以外の誰かにその役目を奪われるのは我慢ならない。自分がずっとそばで、愛して、守り抜く。

彼女との結婚を決めたとき、自分はたしかにクズだった。でも人は変われる。蛍のために、彼女にふさわしい人間になろうと心に誓う。

出世しか考えてこなかった人生だったから、どうすれば女性に振り向いてもらえるかなんて知らなくて手探り状態だ。

気のきいたアプローチなんかひとつもできていないのに、蛍はいつも「嬉しい」と笑ってくれる。そんな彼女にどんどん溺れていった。

「んっ、左京さん」

彼女の細い腕に背中を抱かれる。自分の名前を呼ぶ艶っぽい声も、左京の腰に無意識に絡みつく白い脚も、彼女は昼間の姿からは想像もできない魔性ぶりを発揮して左京を昂らせてくる。

社会的地位の高い男たちがわかりやすいハニートラップに引っかかるのを馬鹿だなと眺めてきたけれど、今は彼らの気持ちがよくわかる。もし相手が蛍なら、左京も呆気なく罠にかかる。そして罠に堕ちたままでいいとすら願うだろう。

左京の律動に合わせて彼女の双丘がなまめかしく誘うように揺れる。真ん中で赤く色づいているそこをピンと爪弾けば、蛍がビクリと腰を浮かす。

「あ、んっ」

淫らな喘ぎ声を食べてしまうように唇を重ねた。自分の快楽よりも彼女のとろける顔が見たい。それは決して嘘ではないが、彼女が溶けていけばいくほど、なかが熱くなって左京の快楽も深まる結果になる。

(運命を狂わせるほどの女……本当にいるんだな)

蛍は左京とのこういう時間をフィクションの世界の出来事だと思っていたと言ったけれど、それはこちらも同じだった。なにもかも捨ててもいいと思えるほどに愛おしい存在。そんなものは現実にはありえないと思っていたのに、彼女と出会った。

「――蛍」

左京の重すぎる情熱を受け止めた蛍は、そのままぐっすりと眠り込む。汗ばむ額にはりついた髪を払ってやりながら、左京は彼女の寝顔を見つめる。

(愛してる、蛍)

心のなかでは何度もそうささやいているけれど、まだ言葉にはできていない。愛していると告げるときは、彼女に本当の意味でプロポーズをするときだ。偽装ではなく永遠に自分の妻でいてほしいと。

(となると、せめて赤霧会の件が片づいてからだよな)

彼女をしっかりと守り抜いたといえる状態になったら。それが左京なりのけじめだった。偽装結婚がその役割を終えたとき、蛍と新しい関係を結び直したい。

(愛しているから本物の夫婦になってほしい。そう伝えたら、君はどんな顔をするだろう)

＊　＊　＊

男は単純で、すぐに自分に都合のいい勘違いをする。だから左京は、蛍が笑ってイエスと答えてくれる未来をひとりよがりに夢見ていた。

その未来に暗雲が垂れ込めたのは菅井本家での会合を終えてからだ。その日の夜も翌朝も、蛍の様子がどこかおかしい。

「ちょっと、頭が痛くて」

本人はそう言うだけだが、左京と目を合わせるのを避けているような気がする。

（菅井本家でなにか言われたのだろうか）

だが、それも釈然としない。蛍を〝コマ〟としか見ない菅井家の人間には腹が立つが、だからこそ赤霧会の件が解決するまで彼らは蛍を大事にするはずなのだ。実際、いつもの彼らからは想像もできないほど愛想よく対応していた。

（今夜は早めに帰って、きちんと話をしよう）

そう決意して出勤したのだが、今日にかぎって次から次へとトラブルが舞い込む。食事をとる時間すらないままに終業時刻を迎えていた。まだまだ帰れそうにない、そう悟った左京は蛍に連絡を入れておこうとスマホを手に取る。すると、彼女のほうも残業で遅くなるとのメッセージが入っていた。

（残業……珍しいな）

話を聞くかぎり蛍の仕事は決して楽なルーティンワークというわけでもないのだが、彼女は業務の効率化をはかるのが得意なのだろう。長時間の残業はほとんどしていなかった。

(トラブルでもあったか、それとも……俺に会うのが嫌なのか?)

不吉かつ十分に可能性のありそうな推測が頭に浮かび、左京は自身の髪をクシャクシャとかきまぜた。

避けられているのならそっとしておくべきなのか、強引にでも話を聞き出すほうがいいのか。

(まったくわからん)

本気で愛おしく思い、生涯そばにいてほしいと望んだ女など蛍が初めてなのだ。どう対応するのが正解なのか……遅すぎる初恋は左京をおおいに悩ませる。

できれば彼女より早く仕事を終わらせて迎えに行きたい。そう思い、猛スピードで仕事をこなした。だが、やっと片づいたところで電話が入る。相手は亮太だった。

「おつかれさまっす。まだいますよね?」

「いるにはいるが」

時刻はもう夜十時。が、周囲を見回せば業務時間中となんら変わらない数の人間が平然と仕事をしている。世間ではなにかと話題になるワークライフバランスってやつを、自分たちももう少し考えるべきではないか。左京は真剣にそう思った。

「外に出られませんか？　赤霧会の件で報告があって」

本音を言えば、断って今すぐ蛍のもとに帰りたい。だが、赤霧会はその蛍の安全に関わる。ノーとは言えない。

スマホと財布を雑にポケットに突っ込んで左京は庁舎を出た。警察庁から亮太のいる警視庁は目と鼻の先だ。

左京が建物を出ると、すでに亮太が待っていた。電話しながら、もうこちらに向かっていたのだろう。

「ここでいいか？」

「はい、すぐ済むので立ち話で」

夜の霞が関は静かなもので、誰かに聞かれる心配などもいらない。壁にもたれかかった姿勢で亮太が話し出す。

「最近のあいつらの動向なんですが」

「なにか変わった動きがあったのか？」

左京は前のめりに聞いたが、彼は小さく肩をすくめた。

「それがむしろ逆で……おとなしいんですよ、赤霧会」

ここ一週間ほど、海堂家にもほかの与党議員のところへも嫌がらせはしていないそうだ。尾行をされたなどの報告もなし。

（蛍に手を出しづらくなったから別のターゲットを探しているのかと思ったが、それもやめたのか？）

「諦めたんですかね〜。犬伏がそんなタマかな」

亮太が納得のいっていない顔で首をかしげる。左京も同意見だった。

「ほかに大きなトラブルが起きてそちらに注力せざるを得なくなった、などの線は？」

赤霧会はその狂暴性から裏社会にも敵が多い。ほかの組と抗争になりかけているとかはありえそうな話だ。

「調べた範囲では聞こえてきません」

「……そうか」

嫌な沈黙が落ちる。海堂治郎をはじめとした与党の政治家に手を出す。それなりの覚悟はしているはず。ここで終わるとは思えない。

「嵐の前の静けさってやつに思えて仕方ないんすよ」

亮太の言葉に左京もうなずく。

「同感だな」

顔を合わせたのは一度だけだが、犬伏はなかなか強烈な個性を放つ男だった。『狂犬』の異名のとおり彼のやり口は狂暴で残忍。狙った獲物は地の果てまで追いかけるタイプだ。たしか今の地位も力づくで奪ったはず。

裏社会でもっとも危険な男、それが犬伏のアイデンティティだ。悪ければ悪いほど尊敬と羨望を集める。堅気の人間から見ると子どものようだが、彼らはそういう価値観で生きている。

「ここで手を引いたら、犬伏はいい笑い者ですもんね」

「そうだな。あの世界は見栄とメンツをなによりも大事にするから……まぁ、警察もそれは同じか」

亮太がクスリとするのを見て、左京は続けた。

「それに違法賭博の規制強化も本格的に動き出しそうだ。この状況で犬伏が引きさがるとは思えない」

必ず動きがある、そんな予感がした。

「ですよね～」

亮太はこめかみをトントンと叩いて、考えを巡らせている様子だ。左京もゆっくりと思考を整理する。そして、ひとつの思いつきを得た。

「おとなしくなった理由、もうひとつ考えられるな」

弾かれたように顔をあげた彼に左京は告げた。

「ターゲットはもう定まった。だから探りを入れる必要がなくなったんだ」

亮太が目を見開く。

「そのターゲットは？」

左京は首を左右に振る。

「まだわからない。だが、もうすぐなにかが起きるかもしれない。その可能性は念頭に置いておくべきだ」

真面目な顔でうなずいたあと、亮太は「あっ」と妙な声を出した。

「どうした？」

「今の話を聞いたあとだと、やっぱりあれが気になるなと思いまして」

「あれって？」

「赤霧会と付き合いのある、ホストクラブのオーナーに接触できたんです。で、色々と話を聞いているんですが」

夜の世界は暴力団との関わりが深い。赤霧会と付き合っているとなると、まともな店ではないだろう。

「犬伏が普通のビジネスマンと会っていた……って言うんですよ」

「普通のビジネスマン?」

「ほら。最近は刺青にパンチパーマみたいな、昔ながらのヤクザは見かけなくなりましたけど……なんかこう匂いはあるじゃないですか!」

言いたいことはよくわかる。スーツの着こなし、髪形、姿勢や歩き方。彼らの醸し出す空気は堅気の人間とはやはり違う。そういうものを自分たちは『匂い』と表現している。

「なにを話してたかまでは聞こえなかったそうですが、相手はエリート銀行マンみたいな外見で絶対に堅気の男だって」

裏社会の匂いは感じなかった、それが情報提供者の主張らしい。

「……堅気の男か」

「調べたところ、赤霧会では堅気とのやり取りは下っ端の仕事になっているようで、だからちょっと気になって」

もっとも、そのホストクラブオーナーの見立てが間違っている可能性だってある。だが、本当に善良なビジネスマンだとしたらたしかに気になる。どんな事情でふたりは会う必要があったのか。

(今回の件と関係あるんだろうか)

「その銀行員風の男の正体は特定できそうか？」

「まだです。チラッと見かけただけらしいので、特定は難しいかも」

「もしわかったらすぐに連絡してくれ」


残業に亮太との密談。すべてを終えて帰宅したときには、もう日付が変わっていた。

蛍はもう眠っているだろう。起こさないよう静かに廊下を歩く。最近は夫婦の寝室にもなっている左京の部屋、その隣が蛍に『自由に使っていい』と渡した部屋だ。ゆうべは頭痛がするからと蛍はそっちの部屋で休んでいた。

今夜はどちらにいるだろうか。

自分の部屋にいてほしいと思いながら扉を開けたが、そこには誰もいなかった。思わず深いため息がこぼれる。

(やはり……避けられているのか)

かなり迷ったすえに、左京は隣にある蛍の部屋の前に立った。おそるおそる扉を開け、足音を立てないよう彼女に近づく。蛍はこちらの顔など見たくないのかもしれないが、左京は一目だけでも彼女の顔を見たかった。

ゆうべからずっと顔色が悪かったことも気にかかっていたし、先ほどの亮太の話は左京の不安をおおいに煽った。蛍の安全には、これまで以上に注意を払わなくてはならない。

「よかった、無事に帰っていたんだな」

彼女の額にそっと手を当ててみる。熱などはなさそうで少し安心した。

左京はベッドに浅く腰かけ、しばしの間蛍の寝顔を見つめていた。自他ともに認める冷めた男だった左京の胸に温かな愛情が込みあげ、あふれ出す。

柔らかな頬にそっと唇を寄せる。

「――愛してる、蛍」

赤霧会の件が解決してから。そう決めていたのにフライングしてしまった。

(明日こそは話をしよう)

もし避けられているのならその理由を聞きたい。不安や不満があるのなら、すべて解消するから……またあの笑顔を見せてほしい。

左京はふっと自嘲するように笑む。

(君には悪いが、もう離してやれそうにないんだ)

亮太は仕事の早い男で、翌日にはもう銀行員風の男の新情報を持ってきてくれた。

夕方六時、昨日と同じように外で彼と落ち合う。

「ホストクラブオーナーの証言をもとに似顔絵を描いてもらったんです。前科があったりすれば特定できるかな?と」

「なるほど、似顔絵か」

「残念ながら、警視庁の持つ情報のなかに該当しそうな人物はいませんでしたが」

そう説明しながら、彼は左京にファイルを手渡した。

「それでも菅井さんは見たがるんじゃないかと思って」

左京はふっとほほ笑んだ。

「さすが。気がきくな」

もらった絵に目を落とす。

「ただですね～。本当に普通の会社員って感じで、どこの会社にも二、三人はいそうな男なんですよ」

亮太の言葉どおり、目立つ特徴のない顔立ちだった。柔和で真面目そうな雰囲気、年齢は三十代後半くらいだろうか。オールバックの髪にフレームの細い眼鏡。たしかに銀行員っぽい。

「この絵がそれなりに似ているのなら、堅気っていうのは正しいかもな」

もっとも、これは写真や映像を見て描いたわけではなく聞いた特徴をもとに想像して絵にしているのだ。実物とそっくりとは断言できない。

「この見た目なら、ヤクザのなかから探すほうが簡単そうですよね〜」

こんなに真面目そうな男が暴力団構成員のなかにいれば、たしかにすぐ特定できるだろう。

「堅気の世界では普通すぎて」

「まぁな。こんな感じの男なら、俺もつい最近に見たような気が……」

そこまで言って、左京はゴクリと喉を鳴らした。

(そうだ。つい最近、この絵によく似た男と会っている)

左京の頭が高速で回転しはじめる。

(落ち着け。よくいる顔ではあるから確証はない。だが、もしあの男と犬伏が繋がっているのだとしたら……)

背筋が凍る。

左京は慌ててスマホを取り出し、蛍に電話をかけた。まるでこちらの焦りをあざ笑うかのように呼び出し音が鳴り続けるばかりで、彼女の応答はない。

（……蛍っ）

祈るような気持ちで、愛する女の名前を心で叫ぶ。

アスミフーズ、経理部。

『──愛してる、蛍』

ゆうべ聞いた彼の台詞が、何度も頭をよぎってなかなか仕事に集中できない。それでもどうにか、蛍は午前中の業務を終わらせた。昼休憩の時間になると、みなが一斉にフロアを飛び出していく。経理部は外出機会が少ないせいか、ランチは外派の人間が多い。

蛍はデスクで済ませるのが楽で好きだけれど、今日はお弁当の入ったバッグを持ってフロアを出る。オフィスの向かいにある、小さな公園のベンチに腰かけた。まだ肌寒いからか、ここでランチをしているのは蛍だけだ。

サッとお弁当を食べてしまって、晋也に電話をかけようと思っている。昨日の芙由美からの提案、海外に逃げる件。急いで決断しろと彼女は言っていたから、連絡は早いほうがよいだろう。

蛍は首にかけていた細いプラチナのチェーンをつまむ。左京から贈られた結婚指輪、ダイヤが豪華すぎて職場では目立つので、ネックレスにして服の内側にしまっている。菅井本家で左京の本心を聞いたあと、外すか悩んだけれど……結局今も身につけていた。

日の光にキラキラと輝くそれをキュッと握って、そっと口づける。

「左京さん」

小さく名前を呼ぶだけで胸が切なく疼いた。厳しい顔も甘いほほ笑みも、これまで見てきた彼の様々な表情を思い出す。

たしかに自分は、赤霧会をつかまえるための便利なコマなんだろう。きっと左京にとっての最優先は蛍の安全ではない。でも、それでもいいと思えた。

(左京さんの仕事を応援したい、役に立ちたいとずっと思ってた。この状況はいわば本望だわ。それに……)

『必ず守る』

彼は何度もそう言ってくれた。あの言葉だけは絶対に嘘じゃないと、蛍は今も信じている。

(左京さんなら赤霧会をつかまえて、そのうえで私のことも助けてくれるはず。だから海外に逃げる必要なんかない。彼のそばが一番安全だ)

そこに愛はないかもしれないけど、警察官として夫として、蛍の安全も確保してくれると思うのだ。左京はきっと、そういう男だ。

お弁当を食べ終えた蛍は晋也に電話をかけた。彼はすぐに応答してくれて、蛍が昨日の返事をしたいと告げたら『決断が早いですね』と驚いていた。

蛍は深呼吸をひとつして、しっかりと目を開いた。

「芙由美さんに伝えてください。私は海外へは行きません。日本に残ります」

スマホの向こうで晋也が息をのむ。

『……てっきり海外へ行かれる決心をしたのかと。だからこうして早々に連絡をくださったものとばかり』

晋也の声には混乱がありありと浮かんでいた。彼は芙由美に賛成していたし、蛍の決断は想定外だったのかもしれない。

『蛍さん。もう一度よく考えたほうがよろしいのでは?』

晋也にしては厳しい声だった。けれど蛍はきっぱりと告げる。

「いいえ。日本に、彼のそばにいたいんです」

『彼……とはもしかして菅井さんですか?』

「はい」

『先日もお伝えしたとおり、彼は信用できない男です。考え直す気は……』

「ありません。私は、左京さんを信じています」

長い沈黙が落ちた。

『かしこまりました。では奥さまに伝えます』

「よろしくお願いします」

その蛍の言葉を最後まで聞かずに、彼は電話を切った。

(如月さん、怒ったのかしら)

蛍が自分のアドバイスに従わなかったからだろうか。あまり彼らしくないと思いはしたが、もう昼休憩が終わりそうだったので深く考えはせずに急いで会社に戻った。

夕方六時。今日はきっちりと定時で仕事を終えた。

(左京さんは遅くなるかな?)

腹を割って話をしてみようと考えていた。菅井本家で彼の本音を立ち聞きしてしまったことを打ち明ける。そして、自分を利用しても構わないと伝えるつもりだった。

（振られてもいいから、ちゃんと愛していますと言いたい）

愛の言葉がなかったのは彼だけじゃない。考えてみれば、蛍だって一度も自分の気持ちを言葉にしていないのだ。

会社を出て三十分後。菅井家の手配してくれた送迎の車がいつものようにマンションの前で停まる。

「いつも本当にありがとうございます」

「いえ。仕事ですのでお気になさらず」

運転手はボディガードも兼ねているので、身体が大きく強そうな男性だ。無口で愛想はないが、職務には忠実で蛍がオートロックの扉の内側に入るまで必ず見届けてくれる。今夜も同じだった。彼の車が動き出すのを確認してから、蛍もエレベーターに向かう。

（帰宅は何時頃になるか、左京さんに聞いてみてもいいかな）

メッセージを送ろうとバッグからスマホを取り出したとき、ちょうど着信音が流れ出した。左京かと期待したが、画面に表示されたのは晋也の名だった。

（如月さん？　もしかしてもう芙由美さんに話してくれたのかしら）

芙由美が納得してくれたかどうか気になり、蛍は急いで応答する。

「はい、蛍です」

『蛍さん！　大変なんです。菅井さんが……』

緊迫した晋也の声が、蛍の不安を一気に煽った。

「左京さんになにかあったんですか⁉」

『と、とにかく一緒に来てください。今、蛍さんのマンションに向かっているので落ち合いましょう』

心臓がドクドクと激しく打ちつける。うるさくて、ちっとも思考がまとまらない。

動揺と焦りでもつれる足をどうにか動かして、蛍は外へと走った。

蛍がマンション前の通りに出ると、ちょうど晋也の黒いコンパクトカーがハイスピードですべり込んできた。運転席から彼が出てくる。

「左京さんが大変って、いったいなにが？　彼は無事なんでしょうか」

「いいから。早く乗ってください」

彼らしくない硬い声。蛍と目を合わせようとしない様子に拭えない違和感を覚えた。

（如月さん、なんか変じゃない？）

「あの！　電話をくださったとき、如月さんはどちらに？　すごく到着が早いので」

「急いで来ただけですよ」

質問の答えにはなっていない気がする。晋也は後ろめたそうに顔を背けた。

（考えてみたら電話のタイミングも、菅井家の運転手さんが離れるのをうかがっていたみたい）

「如月さん、もう少し説明を……」

晋也は蛍にとって兄のような存在だ。無関心な海堂家とは違い、彼だけは蛍を心配し世話を焼いてくれた。そんな彼が自分に害をなすとは考えたくない。

だが蛍の祈るような思いは、イラ立ちを隠さない彼の舌打ちに踏みにじられた。

「うるさい、おとなしくしていろ」

晋也はヤケになったような声をあげる。蛍の腕を強引に引っ張り、車の後部座席に押し込んだ。

そこには怖そうな男がひとり待ち構えていて、晋也とふたりがかりであっという間に蛍の身体を拘束した。両手は後ろで縛られ、声を封じるために口に布のようなものを噛ませられた。後部座席の窓ガラスは、以前にはなかったスモーク加工がなされている。

（あぁ、これでは外からの助けは期待できない。彼は信じてはいけない人だったんだ）

「おい、女のスマホを没収しろ」

「は、はい。河田さん」

河田と呼ばれたガタイのいい男に命令されて、晋也は言われるがまま蛍のバッグをあさり、スマホを取りあげて助手席のほうに投げた。

晋也の運転する車は猛スピードで走り抜ける。行き先は蛍には見当もつかない。

（どうして如月さんが？　なにをする気なの？）

それを聞きたくて言葉にしようと必死になったけれど、蛍の口からは「うー、うー」といううめき声が漏れるばかりだ。

河田がふっとかすかに笑う。

「行き先を知りたいか？」

もちろん蛍には「うー」以外の返事はできないのだが、彼は話し出した。

「空港近くの倉庫街だ。あの辺りは人気がなく、人間を監禁するのにはちょうどいいんだ」

（監禁……）

話の内容と口ぶりから、河田がまっとうな人間ではないとすぐにわかった。

（もしかして赤霧会の？）

「うちの会長、犬伏さんがお怒りだぜ」

（犬伏、やっぱりそうなのね）

蛍は目を見開く。事情は不明だが晋也は赤霧会の仲間になった。そして自分を監禁しようとしている。そういうことなのだろう。

河田は運転席を一瞥する。

「せっかく、その男が海堂治郎の妻をうまく利用したのに。お前が素直に海外に行かないからよぉ。向こうからなら、もっと安全に海堂を脅迫できたのに」

「蛍さんが日本に残ると意地を張るから……私まで、慣れない手荒なマネをしなくてはいけなくなりました」

運転席の晋也もカタカタと震える声で言った。

芙由美の提案は晋也が誘導したのかもしれない。そして彼は、向こうでの蛍の安全を約束する気などなかった。

（安全な国を探すなんて大嘘）

むしろ日本の警察の目が届かないどこかの国で、蛍を赤霧会に渡す算段だったのだろう。その事態は運よく避けられた。だが晋也に騙され、危険な状況にあることは変わらない。舞台が海外から日本の倉庫街に変わっただけ。

(なにを、されるんだろう？)

自身の置かれた状況に、身体がガタガタと震え出す。恐怖で頭がどうにかなりそうだ。ペラペラとすべてを喋った彼らが憎らしい。いっそなにも教えてくれないほうがよほど親切だ。

(あぁでも、左京さんになにかあったわけじゃなかったんだ。それだけはよかった……)

この最低最悪の状況で唯一の救いだった。

左京がピンチというのは蛍をおびき出すための餌だろう。実際、蛍は冷静に真偽を確かめる前に飛びついてしまった。

だんだんと交通量が減り、静かになった。目的地に近づいているのかもしれない。

「海堂先生は身代金を払ってくださるでしょうか」

不安そうな声で、晋也がぽつりとつぶやいた。

(……払うわけがない)

蛍は海堂家とはなんの関係もない一般市民。赤霧会の事件には不運にも巻き込まれただけ。蛍がどうなろうと治郎はそれで押し通すはず。

蛍はギュッときつく目をつむった。左京の笑顔がそこに浮かぶ。

『蛍のことは俺が必ず守る』

あの言葉だけが希望の光だ。

（左京さんが助けに来てくれるかもしれない。そのとき足手まといにならないよう、どんなに怖くてもシャンとしていないと）

恐ろしくて気が狂いそうになる自分を、どうにか奮い立たせた。

一時間弱は車に乗っていたように思う。暗く静かな倉庫街。蛍はそこで車からおろされた。かすかに波の音がするので、海が近いのだろう。

「お待ちしてました、河田さん」

「首尾よくいきましたか？」

「あぁ、問題ない」

いかにもな風貌の、怖い男ふたりが近づいてくる。立場は河田が上のようだ。彼が蛍の腕を引く。

「こっちだ、来い」

横開きの重そうな扉を開け、蛍の背中を押した。寒々とした埃っぽい場所だった。建物のなかは思ったより広く、コンテナが整然と並んでいる。明かりは床に置かれた懐中電灯だけなのでほの暗い。おそらく周囲に見つからないようにしているのだろう。

「逃げないようにしておけ」

河田が残りのふたりに命じる。

ふたりの男は蛍の手首に巻かれていた紐を鉄骨の柱にくくりつけた。冷たい床に座った状態で身動きが取れなくなる。

まだ三月、夜は冷え込む。晋也につかまったときにコートを着ていたのは不幸中の幸いだったが、それでも寒さと恐怖で身体の震えが止まらない。

(……どうすればいいんだろう)

蛍は晋也をにらむが、彼は自分のほうを見ようとはしない。

(如月さんはなんで、こんな人たちに協力を?)

野心のない穏やかな男だと思っていた。こういう世界と関わり合いになるような人物だったとは……こうして目の当たりにしても信じがたい。

「あ、あの私はもう」

晋也は帰りたいと彼らに目で訴えた。だが、河田は首を横に振った。

「ダメだ。海堂治郎と連絡がつくまで、という契約だ」

逆らう度胸はないのだろう、晋也は肩を落とし黙った。

「会長は？」

「もうすぐ到着されます」

どうやら犬伏もここに来るようだ。

どのくらいの時間が経過したのだろう。永遠のように感じられたが、実際には十数分程度かもしれない。

扉の開く音とともに新鮮な空気が流れてくる。視線をそちらに向けると、月明かりに照らされた男のシルエットが浮かぶ。

（この人が……犬伏？）

想像より身長は高くない。左京のほうが五センチ以上は高そうだ。この場にいる赤霧会の三人と比べても、特別に体格がいいわけでもない。けれど……まとう空気だけで恐ろしかった。彼の登場で場の温度が一気にさがったような気がする。

「会長。この女です」

「あぁ、おつかれさん」

犬伏はコツコツと靴音を響かせながらこちらに近づいてくる。蛍の前にかがみ「ふぅん」とどこか楽しげな声を発した。

蛍はこわごわ顔をあげ、正面から男を見る。思っていたよりずっと若い。まだ四十歳にはなっていないだろう。銀に近いような金髪、黒いシャツの襟元から刺青のようなものがチラリと見えた。彼は胸ポケットから煙草を取り出すと、銀色のライターで火をつける。おいしそうに深く吸い込み、蛍の顔の前で遠慮なく吐き出した。

煙草を持つのとは反対の手が伸びてきて、蛍の顎をガッとつかんだ。

「お前が海堂治郎の隠し子か」

恐怖で唇がワナワナと震える。犬伏の目が……怖くてたまらなかった。狂気をはらんで血走った瞳。とても人間と相対しているとは思えない。彼はまるきり飢えた獣だ。

布を噛まされた蛍の口はハクハクと動くだけで声にはならなかった。

「海堂家にはたっぷりと礼をしてやらないとな。賭博の件だけじゃねぇ。海堂実光、あの男のぶんもだ」

彼はとうに亡くなった、芙由美の父親である実光にも恨みを抱いているらしい。正当な理由があるのか逆恨みなのかは、蛍にはさっぱりわからないけれど。

「恨むなら、自分の親父を恨むんだな」

ふと犬伏の視線が蛍の胸元に落ちる。ニヤッと細められた彼の凶悪な瞳に、不吉な予感が広がっていく。

「そういやお前、マル暴にいた菅井の女らしいな。一度会ったことがあるが……いけ好かない男だったなぁ」

　彼はクッと笑うと煙草を床に投げ捨て、靴でぐしゃりと踏みつぶした。

「お前をめちゃくちゃにしてやったら、あのすかした男がどんな顔をするか……興味が湧いた」

　彼の手がスカートの上から蛍の太ももを撫でる。恐怖と嫌悪で蛍はえずいた。

「うっ、う〜」

　ようやくかすかに声が出た。

「ははっ、いいねぇ。俺は泣きわめいて嫌がる女が相手じゃないと昂らない性質（たち）なんだ。もっと啼いて楽しませてくれよ」

　舌舐めずりをした狂犬が、その瞳の真ん中に蛍をとらえた。

（……蛍っ）


左京のスマホからは呼び出し音が聞こえるばかりで、いっこうに蛍の声は届かない。

諦めて腕をおろした左京は、もう一度、亮太からもらった似顔絵に目を走らせた。

頭のなかにけたたましい警鐘音が鳴り響く。ここに描かれた人物によく似た男をひとり、知っていた。彼は蛍のすぐそばにいて、彼女の信頼を得ている。

似顔絵の男が彼である確証はない。だが、警察官としてつちかってきた勘が間違いないと主張している。

「菅井さん？　どうかしたんすか」

亮太はキョトンとした顔をしていた。

「この似顔絵の男、海堂治郎の私設秘書かもしれない」

「えぇ⁉」

空気が一気に緊張感を増した。亮太の表情も敏腕刑事のそれに変わる。

左京の頭が高速で回りはじめる。

（赤霧会と如月晋也、違法賭博の規制。犬伏の目的はなんだ？　どう動こうとしている？）

「海堂治郎の秘書と赤霧会が繋がっているかもしれない……」

亮太がつぶやいたその言葉を、左京が引き継ぐ。

「危険なのは、やはり海堂治郎の関係者だ」

明言しなかったが、左京は赤霧会のターゲットは蛍だろうと踏んでいる。晋也がもっとも狙いやすいのが彼女だからだ。

（考えるんだ。さっさとしないと蛍が……）

電話に出られなかったのは仕事中だからかもしれない。でもそうでなかったら？　考えるだけで気が狂って、どうにかなりそうだ。左京はもう一度、蛍に電話をかけたがやはり応答はない。嫌な予感がヒタヒタと左京を浸食していく。

【如月晋也を信用するな】

左京の勘が正しければ、おそらく蛍はこれを読める状況にはない。だが勘が外れているのを祈ってメッセージだけは送っておいた。

「危険って具体的には？」

亮太に問われ、左京は考え込む。

犬伏は即物的な男だ。だからこそシノギをつぶされそうな現状に怒り、暴れようとしている。そこにどういう事情かは不明だが、如月晋也というコマが手に入る。犬伏はなにをもくろむだろうか。

(たとえば蛍を人質にして、海堂家に自分たちの要求をのませる)

要求は違法賭博に絡む内容か、それとも金か。なんにせよ治郎がおとなしく従えば、すべてよし。

仮に従わなかった場合、彼が警察を通し正攻法で抵抗してきたら、赤霧会は当然罪に問われる。だが、彼らは逮捕など恐れてはいない。箔がつくからと、下っ端を言いくるめれば済む話だからだ。厄介なことに、この場合も赤霧会には得るものがある。

(違法賭博規制の強化に賛成するほかの政治家への、最高の脅しになるな)

権力を握る大物政治家ほど、結局は〝自分が一番かわいい〟のだ。自身や家族の命に危険が迫るとなれば、違法賭博くらいは目をつむるかもしれない。赤霧会にとっては大きなメリットだ。

それに、人質事件ともなればさすがに世間が大騒ぎする。海堂家の力をもってしてもメディアを制御するのは難しく、隠し子である蛍の存在が公になるだろう。家族思いでクリーンな政治家をウリにしていた治郎のイメージダウンはまぬがれず、犬伏としてはささやかな復讐が達成できる。

（どちらにしても、蛍に〝人質〟の価値がなければ成立しない。海堂治郎が彼女を見捨てたら犬伏の計画は徒労に終わる）

だが、海堂家は蛍を助けるだろう。蛍が想像しているよりはずっと、治郎は彼女を愛している。蛍と結婚して守ってやってほしいと頼まれたときに左京はそれを悟った。晋也は自分以上にそれを知っているだろうから、赤霧会が蛍をターゲットに選んだ可能性はやはり高い。

左京は自身の頬をパンと叩いて、気を引き締め直す。

ここからは一秒の猶予もなく、間違いは絶対に許されない。

（この命に代えても蛍だけは守り抜く）

「島。すぐに暴力団対策課に連絡を。犬伏を探し出して取っつかまえろ」

「――承知」

左京はもう警視庁を離れた身で彼の上司ではない。なにかを命じたければ上を通さなければならないのだが、左京の覚悟を彼は察してくれたようだ。くるりと踵を返し、スマホを耳に当てながら走り出した。

こんなふうに騒ぎ立てて、なにもなければ責任問題だ。左京の出世街道はここで閉ざされる。

（そうなればいいと思う自分なんて、蛍に出会うまでは想像もできなかったな）

左京は今、心の底から自分の勘が外れることを願っていた。警視庁からも警察庁からも呆れられ、菅井家から落ちこぼれの烙印を押されても構わない。

（蛍……無事でいてくれ）

犬伏の指先がするりとスカートの裾から侵入してくる。耐えがたい嫌悪感に蛍はギュッと身を硬くする。

（嫌だ。こんな人に触れられたくない。助けて……左京さん、左京さん！）

犬伏は今まさに蛍に牙を向こうとしていて、もう間に合わないと頭のどこかで理解してはいた。それでも蛍は左京にすがった。

その瞬間、外でパァーンとなにかが弾けるような音が響いた。犬伏の手がぴたりと止まる。

（なんの音？）

「銃声だっ」

河田が慌てた声を出す。その声に重なり、もう数発の銃声が鳴った。

「サツ……にしちゃ到着が早すぎるな。誰だ？」

赤霧会の男たちの間に困惑が広がるのが見て取れた。犬伏はチッと舌打ちをして、地を這うような低い声を出す。

「誰だろうとここで邪魔されちゃあ困るな」

彼の手下は警察にしては早いと言ったが、犬伏は警察である可能性を考慮したのだろう。ズボンの後ろポケットから取り出したものを蛍の頭に突きつける。蛍の背筋が凍る。銃口の感触など生まれて初めて知った。硬くて重い。

犬伏の命令に従い、赤霧会の三人が慎重に扉に近づいていく。晋也はガタガタと震えて頭を抱えていた。

男たちがわずかに扉を開けると、細い月明かりが差し込む。その瞬間、ダンッという恐ろしい音が響いた。と同時に「蛍っ」と自分を呼ぶ声も届く。身体が温かいものに包まれて、銃口の感触が消えた。

そのあとの展開はあまりにも目まぐるしかった。後方から放たれた銃弾に倒れたのは犬伏だったようで、肩の辺りから流れる鮮血が床に広がっていく。その彼を目がけて数名の男たちが飛びかかる。

(倉庫の奥に人がいたの？)

蛍はやっと状況を理解する。事情はさっぱりわからないが、警察は蛍たちがここに到着するより前から倉庫内にひそんでいたようだ。

開いた扉からも警察官がなだれ込んできて、数の勝利であっという間に赤霧会の人間を制圧した。

「蛍、無事か⁉」

かけられた声でようやく我に返る。弾かれたように顔をあげれば、心配そうに眉根を寄せる左京がそこにいた。彼は素早く、蛍の手と口の拘束を解いてくれる。

「……左京さん」

犬伏が撃たれる瞬間、蛍を守るために飛び出してきた人物は左京だったのだ。

「怪我は？　危険な目にあわせて本当に……」

青ざめた顔で苦悩する左京に、蛍はふっとほほ笑んでみせた。

「大丈夫です。左京さんがきっと来てくれるってわかっていたから」

彼の温かい胸のなかは蛍が生まれて初めて得た、心から安心できる居場所だ。左京のまっすぐな視線が蛍を射貫く。

「こんな俺に資格があるかはわからない。だけど蛍、君に聞いてほしいことがある」

　真摯な声で彼は告げる。

「好きだ。恋だの愛だの、そんなものは邪魔にしかならないと思っていた俺が……どうしようもないほどに君を愛してしまった」

　心を丸ごとさらけ出すような愛の告白が蛍の胸を打つ。嘘偽りのない彼の本心だと伝わってくる。

（むしろ、どうして演技だと疑ったりしたんだろう。左京さんは最初から、まっすぐに心を伝えてくれる人だったじゃない）

　偽りの夫婦になる決意をした、あの日を思い出す。

『君は自分の身を守るため、俺は出世のため。俺たちはいい夫婦になれる』

　彼は嘘をつかず正直にそう言った。愛を信じない者同士の偽装結婚、自分たちはそうやって始まったのだ。

　蛍はそっと手を伸ばし、彼の頬に触れる。

「奇遇ですね。私も……愛は信じないはずだったのに、どうしようもなくあなたを愛してしまいました」

　左京は自身の頬にある蛍の手をギュッと強く握り、泣き出しそうな顔で笑った。

「あぁ。俺たちは本当に気が合う。だから間違いなく、いい夫婦になれる」

「――はい」

信じていなかった愛を知り、ふたりはもう一度夫婦となった。今度は偽りじゃない、深い愛で結ばれた夫婦に。


極度のストレスと解放された安堵感から蛍はそのまま意識を失った。目覚めたのは自宅マンションのベッドの上で、事件から丸一日が経過していた。

(そんなにずっと眠っていたんだ)

「目覚めてくれてよかった」

ベッドサイドで、ずっとついていてくれたらしい左京がホッと息を吐く。

急に動かないほうがいいと彼が言うので、蛍は上半身だけを起こしてベッドに座った状態でいる。

「ご心配をおかけしてすみません。左京さん、お仕事は大丈夫ですか?」

結構大きな事件だったはずだから、事後処理が大変なんじゃないだろうか。

「どうしても妻のそばにいたいと頭をさげてきた。今は蛍と一緒にいたい」

彼の大きな手が布団の上に置いた蛍の手を包む。

「ありがとうございます」

「体調に異変はないか。身体だけじゃなく精神面も」

少し考え、蛍はゆっくりと首を横に振った。

「今のところは問題なさそうです」

腕を回したり首を動かしたりしてみる。痛むところもないし、よく寝たせいか頭もすっきりとしていた。

（しいて言えば、倉庫街には一生近づきたくないけれど）

「犬伏たちは逮捕されたよ。あいつらはすぐに出てこられると甘い考えを持っているようだが、警察はこれを機に赤霧会を完全壊滅に追い込むつもりだ。もう手出しはさせないから、そこは安心してくれ」

左京は仕事をまっとうできたのだろうか。それならば自分も嬉しい。

「あの、如月さんは？　なぜ彼らと行動をともに？」

彼がなぜ犬伏に協力していたのか、その理由が気になる。左京は順を追って、今回の顛末を説明してくれた。

「まず、犬伏が海堂家を狙った動機だが、やはり違法賭博の規制強化が発端だった」

治郎が賛成派のリーダー格だったからそれを恨みに思ったようだ。

「当初は君の腹違いの弟である海堂要治を狙いたかったそうだが、彼はもう海堂治郎事務所の人間として仕事を始めていたからガードも堅い」

弟といっても、芙由美の産んだ子である要治とは一度か二度しか顔を合わせたことがない。蛍よりひとつ年下で、勤めていた大企業を最近やめ、治郎の秘書になったばかりと晋也から聞いてはいた。治郎の後継者として政治家を目指すのだろう。

「なるほど。弟が難しいので私、だったんですね」

「でも蛍は俺と結婚したから、一時はターゲットから外す方向で考えていたようだ。その時期はほかに狙えそうな人物を探していた」

左京と結婚させる海堂家の策は一応、功を奏していたらしい。

「なのにまた方針転換をした。その理由はきっと如月さんですね」

「そうだ」

左京はうなずき、蛍の知りたかった核心に触れる。

「赤霧会は海堂家のあれこれを探っていた。その過程で如月晋也の秘密を知ったようなんだ」

「秘密?」

「如月はオンラインカジノにはまって、借金をこしらえていた。もちろんオンラインだろうがなんだろうがカジノは違法だ」

彼がそんな罪を犯す人間とは今でも信じられない気持ちだが、ギャンブルというのは軽い気持ちで始めてズブズブと深みにはまる、そんなものかもしれない。

「カジノで借金……あっ」

「どうした？」

「そういえば如月さん、車を買い替えていたんですよね。海外メーカーの高級車から国産車に」

憧れてやっと手にした車と言っていたのに、妙だと思ったのだ。

「借金取りに返済を迫られていたようだから、外車を売って金をつくったんだろうな。とはいえ車を手放すほど困っているとは思われたくないから、適当な中古車も手に入れた」

「借金が発覚したら、オンラインカジノの犯罪も見つかる恐れがありますもんね。この如月さんの秘密を、犬伏が知ったんですね？」

「そう。オンラインカジノの元締めも借金取りも、赤霧会の傘下団体だったんだ。だから犬伏は如月の犯罪の証拠をがっちりつかんでいた」

左京はそこで深呼吸をひとつする。蛍もふぅと息を吐いた。推理小説の登場人物になったような気分だ。左京の話についていくので精いっぱい。

「如月本人は脅迫したところで払える金がない。私設秘書の犯罪程度では、海堂治郎と交渉はできない。そこで犬伏は、如月を使って蛍を人質にしようとした」

「如月さん、本当は私を海外に連れていく計画だったと言っていました」

蛍が拒んだから計画を変更するしかなくなったとぼやいていたのだ。左京は不愉快そうに眉をひそめる。

「如月晋也があそこまで卑怯な男とは思わなかった。俺がもっと早く見抜いていたら……すまない」

彼の表情に後悔の色がにじんだ。

「いえ、左京さんのせいでは！」

晋也とは長い付き合いのあった蛍だって、まったく疑いもしなかったのだから。

左京は警察官の顔に戻って、続けた。

「もし蛍が自主的に海外、それも日本の警察との連携が難しい国に行っていた場合は、赤霧会にかなり優位な展開になっていたと思う」

「そうなんですか？」

「あぁ。逆に国内で事を起こしたら、やつらの負けだった。こちらは数年前から赤霧会を徹底マークしていたから」

暴力団を完全壊滅させることを俗に〝頂上作戦〟と呼ぶらしい。赤霧会はその頂上作戦の対象だったと左京が説明してくれた。

「俺が犬伏なら、蛍が自主的に国外へ出てくれないとなったら作戦はそこでストップしただろうな」

蛍が国外脱出を拒んだ時点で赤霧会に勝ち目はなかったようだ。

「違法賭博の規制強化、本決まりになりそうだったからな。犬伏にも焦りが出たんだろう。それがあいつの致命傷になった」

「でも警察は、いつの間にあそこまでの準備を？」

犬伏を撃った警察官はコンテナの陰に隠れて、蛍たちより奥にひそんでいたのだ。つまり赤霧会より先にあの場に到着していたことになる。いくら彼らの動向に注意を払っていたとしても、超能力でも使ったかのような動き方だ。

左京はそれについても一から解説してくれた。

彼は今日の夕方、ちょうど蛍が会社を出て帰宅した頃に晋也と赤霧会の繋がりをつかんだそうだ。

「それですぐ、蛍に電話をかけたんだが繋がらなかった。もしや如月につかまって電話に出られない状況なのでは?と推測した」

「まさにその状態でした。車に乗せられたあと、すぐにスマホを奪われて」

「同じ頃、赤霧会の担当捜査員もやつらの不穏な動きをつかんで追跡していたんだ」

蛍たちより先に倉庫にいた、ふたりの男のことだろう。

「あの倉庫街で赤霧会が自由に使えそうな場所はひとつしかなかった。だから捜査員は先回りしてあの場に到着できた」

「……すごい」

なんだかんだいっても、日本の警察は優秀なのだなと蛍は感心した。

「到着した捜査員は、表の監視役と倉庫のなかに入り待機する役とに分かれた。なかに入った人間が、あとから応援に駆けつける警察官の侵入経路を確保した」

「侵入経路?」

「そう。コンテナが高く積みあがっていて見えなかっただろうが、出入口とは真逆の場所に換気用の窓があったんだ。俺はそこから侵入した。そのとき、蛍はもうなかにいたよ」

「えぇ……全然気づきませんでした」

つかまって犬伏が現れるまで、物音などはいっさいしなかったように思うのだが。

さすがはプロだ。蛍の知らないところで綿密な計画が粛々と進んでいたらしい。

「俺が侵入してすぐ、犬伏がやってきた。犬伏の到着を待って作戦決行と決めていたんだ。外で銃声を鳴らして、といってもあれは音だけだが。やつらの注意を引きつけて、蛍への警戒を緩めさせる」

そうして後方から不意打ちで犬伏を攻撃した。蛍にも、やっと全容が理解できた。

「犬伏が蛍に触れたときは理性が飛んで、合図を待たずに動きそうになったけどな。警察官としてはあるまじき思考だが、あの銃弾が頭に命中すればいいとも思った」

左京は苦笑する。

（危険をおかして、大変な状況のなか、私を助けてくれたんだな）

蛍はあらためて彼に頭をさげた。

「左京さん。助けてくださって、本当にありがとうございました」

だが、左京は浮かない表情で視線を落とす。

「いや、俺は君に謝らないといけない立場だ。蛍が車からおりるタイミングで、怪我をさせずに救出可能ならそうするよう頼んであったんだが……不可能だったようだ」

苦しそうな彼の表情を見て、蛍は「やっぱり」という思いを深くした。

（左京さんは私をおとりにする気はなかった。菅井本家で聞いた言葉はなにか誤解が

「救出が遅れて、長い間怖い思いをさせて申し訳なかった」

「謝らないでください。逆に警察がきちんと犬伏をつかまえてくれてよかったです。あんな目にあったのに、肝心の彼が逃げていたら私も悔しいですから」

「——ありがとう」

左京の表情がやっとやわらいだ。

「手短に済ませるつもりだったのに長々と話し込んで悪かった。蛍はもう少しゆっくりと休んだほうがいい。君の会社にも事情は説明してあるから」

「はい」

左京は腰を浮かせようとしたが、迷ったすえにもう一度座り直した。

「最後にもうひとつだけいいか?」

蛍がうなずくと彼は話し出す。

「菅井本家から帰ってきたあと、蛍はどこか様子がおかしかっただろう。誰かになにか言われたんじゃないかと、気になっていて……」

「あ、それはその」

菅井一族の現当主である啓介と左京の話を立ち聞きしていたことを、蛍は白状した。

聞き終えた左京が、愕然とした顔をする。

「誰が蛍を傷つけたのかとヤキモキしていたが……俺だったのか」

左京は謝罪をしたうえで、あの話には続きがあったと教えてくれた。少し照れながら語ってくれた彼の本心。嬉しくて、目に涙がにじんだ。

「仕事や出世、自分の命よりも大切なものを見つけた。それが蛍だ」

熱のこもった眼差しで見つめられ、これ以上ないほど胸が高鳴る。

「……そんなふうに思ってもらっていたのに、左京さんの気持ちを疑ったりしてごめんなさい」

「いや。俺がもっと早く、しっかりと愛していると伝えていればよかったんだ。なにがあっても君を不安にさせないように。蛍をきちんと守りきって事件を解決してからなんて、無意味なこだわりだったな」

（あぁ、本当に左京さんは私を愛してくれていたんだ。過ごした時間も贈られた言葉も、すべて偽りなんかじゃなかった）

大好きな人に愛されている。あらためてそれを実感し、蛍の胸は幸せで満たされた。

「けれどそんな誤解があったのに、蛍は海外へ逃げずに俺のそばに残るほうを選んでくれたんだな」

「事件の前日。左京さん、眠っている私に『愛してる』って言ってくれましたよね？」

蛍がささやくと、左京の頬がかすかに赤くなった。

「では、あれは寝たふりだったんだな」

「ごめんなさい。でもあの言葉があったから、左京さんのそばにいようと決意できました」

あの言葉がなかったら、晋也の口車にのせられて海外へ逃げるほうを選んでいたかもしれない。そうしたら今頃、自分はどうなっていたか。

左京の腕が伸びてきて、そっと優しく抱き締められた。

「ありがとう、俺を信じてくれて」

「左京さん」

「ん？」

甘い声で言って、彼が顔をのぞき込んでくる。

「私、よくがんばりましたよね？」

「あぁ」

「だからその、ご褒美が欲しいんです。もう一度だけ左京さんの『愛してる』を聞かせてもらえませんか」

図々しいのは承知のうえで頼んでみた。左京は「ははっ」と声をあげて笑う。そして蛍の耳に唇を寄せ、ささやいた。

「もう一度だけじゃない。これからずっと毎朝毎晩、何度でも言うよ。俺は蛍を愛してる」

ずっと欲しかった未来を約束する言葉、大粒の涙が蛍の頬を伝う。

「私もです。左京さんを愛しています」

長い指にクイッと顎を持ちあげられる。左京は黒い瞳の真ん中に蛍をとらえ、そのままゆっくりと唇を重ねる。

甘い甘いキスをふたりは幾度も繰り返した。

終章

　事件解決からひと月、桜も散ってしまった四月中旬のこと。

　蛍は治郎に呼ばれて海堂家を訪れた。芙由美の父、実光の代からあるという屋敷は鹿鳴館時代がしのばれるような豪奢な洋館で、豪邸の立ち並ぶ閑静な住宅街のなかにあってもひと際目を引いた。

（意外と近くに住んでいたのね）

　ひとり暮らしをしていたマンションからも左京と暮らす今の家からも、電車で三十分とかからない。

『伝え忘れていたが、如月の犯行は彼の独断で、海堂治郎も芙由美もなにも知らなかった。如月に借金があったことも今回の件で初めて露呈したようで、彼らも驚いていたよ』

　様々な事後報告と一緒に、左京がそう教えてくれた。芙由美は日本のヤクザに厳しいアメリカを蛍の逃亡先にと考えていたようだ。理由はどうあれ、彼女は蛍を赤霧会から遠ざけようとしていた。晋也は芙由美には秘密で、蛍を別の国に送るつもりだったらしい。

海堂家の関係者のなかでは唯一信頼できると思っていた晋也に裏切られた。その事実は今でも思い出すと胸がチクリとするし、事件のショックもまだ尾を引いてはいる。

(でも左京さんがいてくれるから)

彼の支えのおかげでだんだんと傷も癒え、ここに来る決意もできた。

(でもきっと、これが最初で最後)

応接間の中央に置かれた重そうなテーブルを挟んで、治郎と対峙する。呼び出したくせに彼がなかなか口を開かないので、仕方なしに蛍は言った。

「今日、芙由美さんと要治さんは？」

弟である要治をさんづけするのは変かもしれないけれど、「要治くん」と呼べるほど親しくもない。小さい頃に数回会っただけなので、向こうは蛍の顔など覚えていないだろう。

「あ、あぁ。芙由美は買いものに出かけていて、要治は仕事だ」

「そうですか」

また重たい沈黙が横たわる。治郎は緊張しているのか落ち着きがなく、テレビで見る大物政治家とは別人みたいだ。

謝罪も弁解もいらない。そう告げようとした蛍の言葉を遮って、彼が頭をさげた。

「すまない。本当に申し訳なかった」

治郎の声も、膝の上で握り締めたこぶしも、かすかに震えている。

(これが演技なら名優になれそうだけど……でもこの人は政治家だしね)

演技がうまくなければ、できない仕事かもしれない。

「事件のことならもういいです」

治郎のせいとは言い切れないし、事件があったからこそ左京と出会えた。その意味では少しだけこの運命に感謝もしている。

「いや、事件のことだけじゃない。これまでのお前に対する行いもすべて……本当に申し訳なかったと思ってる」

治郎は顔をあげて真摯な声でそう言った。

「圧力、かけなくてよかったんですか?」

「ん?」

「メディアにですよ」

治郎の私設秘書である晋也が違法カジノにはまっていた件はもちろん、隠し子である蛍が赤霧会に拉致されたこともメディアでセンセーショナルに報じられた。義父である実光と赤霧会の大昔の縁なども、かなり悪意のある報道の仕方をされている。治郎の株は大暴落で、次の選挙は落選濃厚だそうだ。

「握りつぶそうと思えばできただろうな。だが、今回の一件で自分の甘さに気がついた。義父の名前と、好感度なんて実体のない武器だけじゃ闘い続けることはできない」

(演技ではないのかもしれないな)

どこか毒が抜けたような彼の顔を見ていると素直にそう思えた。

謝罪の言葉程度で彼を許せるとは思えないし、関係を改善したいとも思わない。蛍にとっての治郎は、今までもこれからも〝最低の父親〟でしかない。

まっすぐに彼を見つめて蛍は告げる。

「私はずっとあなたが大嫌いでしたし、これからもそれは変わりません。でも娘にそんな思いをさせてまで政治の道を選んだんですから、せめて……歴史に名を残すいい政治家になってください」

「……蛍」

「違法賭博の規制強化、信念があって始めたのなら暴力団の脅しなんかに屈せずに成し遂げてくださいね」

「あぁ、努力する」

それを聞いて、いつかの左京の言葉を思い出した。

『ははっ、それじゃダメな政治家の言い訳だ』

蛍が左京を名前で呼ぶよう〝努力はしてみる〟と伝えたとき、彼から返ってきた言葉だ。蛍は足元に置いてあったバッグを持って、席を立つ。

「結果を期待していますね、海堂先生」

笑顔で言って、踵を返した。


このあとは休日出勤している左京と合流して、デートの予定だ。

(左京さん、そろそろ仕事終わったかな?)

足早に海堂家の英国式ガーデンを歩いていると、向こうから芙由美がやってきた。

あいかわらず治郎よりよほど威厳に満ちている。

「あら、もう帰っちゃうの? もっとゆっくりしていったらいいのに」

嫌みなのかそうでないのか、彼女の胸のうちはさっぱり読めない。

「いえ、夫と約束しているので。お邪魔しました」

蛍は軽く会釈をして通り過ぎようとする。

「あなたも馬鹿ねぇ」

どういう意味か?という顔をした蛍に、芙由美は呆れた笑みを浮かべる。

「私は政治家の娘として生まれて政治家の妻として生きてきたけど、いいことなんかな〜んにもないわよ。面倒ばっかりね!」

うんざりした顔で芙由美は吐き捨てた。

発言の意図がつかめず、蛍は黙って彼女の顔を見返す。

「普通のOLさん、『大槻蛍』でいたほうが絶対に幸せよ。あなたのお母さんもそれを望んでいたのに……警察官僚なんかと本当に結婚しちゃうとはね」

向けられた芙由美の眼差しに親愛のようなものが感じられて、蛍は戸惑った。

(芙由美さんは私を疎んじていると思っていたけど……そうじゃなかったの?)

「もしかして、わざと私を海堂家から遠ざけていたんですか」

隠し子と騒がれることを彼女が徹底阻止してきたのは、海堂家の名誉だけでなく蛍自身のためでもあったんだろうか。

(それはお母さんの願いでもあった? お母さんは芙由美さんになにか話していたのかしら)

芙由美は答えない。だけど、自分の想像は当たっているような気がした。

「じゃあ、バレエコンクールの反対も……」

あれこれ考えて混乱する蛍を見て、芙由美は悪役めいた高笑いをしてみせる。

「あなたは本当に甘ちゃんね。政治家も官僚も信用ならないけど、政治家の妻はそれ以上。簡単に信じちゃダメよ」

ヒラヒラと手を振って芙由美は屋敷のほうへと向かっていく。蛍はその背中に叫ぶ。

「芙由美さん！」

彼女は立ち止まり、振り返った。

「左京さんから聞きました。私がつかまったとき、まっさきに動いてくれたのはあなただったと」

蛍が拉致された可能性があると警察が海堂家に連絡を入れたとき、すぐに行動を起こしたのは彼女で、ものすごい大金をポンと用意して『いくら使ってもいいから必ず救出するように』と警察にすごんだそうだ。

「……ありがとうございました」

頭をさげた蛍に、芙由美は苦い笑みを浮かべた。

「あなたのためじゃないわ。私をいいように利用した如月の作戦がうまくいくなんて、許せなかったからよ」

海外に逃げるよう迫ったのは、きっと彼女なりの蛍への〝情け〟だったのだろう。

（あのきつい言い方も、私が素直に従うようにあえて？　そう聞いたら、また『甘ちゃんね』と笑われるかな）

「ま、無事でよかったわ。じゃあね！」

スッと伸びた背中が遠くなっていく。

次の選挙で落選しても、芙由美がついているかぎり治郎は必ず復活できると思った。

（けど、その代わりにきっと死ぬまで彼女の尻に敷かれるんだろうな）

海堂家を出た蛍は左京に電話をかける。彼はもう仕事を終えていて、すぐに車で迎えに来てくれた。

「どうだった？」

運転席をおりた彼が心配そうに駆け寄ってくる。

「えっと感動的な仲直りとか、そういうのはなかったんですけど。でも今日は来てよかったです」

ずっと心に重く沈んでいたものが、さらさらと流れていったような気がした。蛍は左京を見てほほ笑む。

「私には左京さんっていうとびきり素敵な家族がいるから。だから大丈夫です」

「そうか。それならよかった」

穏やかな笑みを浮かべて、左京はそっと蛍の手を握った。

「午後三時か。久しぶりのデートだから夕食はホテルのレストランを予約しているが、それにはだいぶ早いな。どこか行きたいところは？」

「ふふ。赤霧会に狙われる心配がないからどこへでも行けますね」

左京と一緒ならどこでも楽しいとわかっているけれど、行き先を考えるだけでワクワクして頬が緩む。

「あぁ。映画でも観るか？」

「あ、じゃあショッピングで！」

「了解。なにか買いたいものがあるのか？」

聞かれて、少し照れながら蛍は答える。

「もしよかったらなんですけど、左京さんに指輪を贈りたいなと思っていて」

「指輪？　俺に？」

想定外だったようだ、左京は目を丸くしている。蛍は自身の左手に視線を落としながら言う。

「この指輪、結婚指輪だって言ってくれましたよね。それなら左京さんにもつけてほしいなと、本当はもらったときから思っていたんです。でもあのときはまだ、私たちの関係は期間限定かもって不安があったから言い出せなくて」

蛍の言葉を聞いた左京は心底幸せそうに笑む。

「そんなふうに思ってくれていたのか」

「はい」

「実は俺もな、その指輪を買うときチラッと頭をよぎりはしたんだ。だが、『出世のための結婚』なんてしょうもない発言をしてしまった手前……自分のぶんは買えなかった」

(悩んでいたのは私だけじゃなくて、左京さんも同じだったんだ)

最初はただの偽装結婚だったけれど、一緒にいるうちにちゃんと双方に愛が芽生えていた。その事実がただただ嬉しい。

「じゃあ今日こそ、左京さんに似合う指輪を見つけましょうね」

「あぁ」

彼の車で銀座（ぎんざ）に向かう。蛍の指輪と同じブランド、ほかにもいくつかのショップを見て回る。

「う～ん。左京さんの指、長くて綺麗だからどれでも似合って逆に難しいですね」

シンプルなプラチナリング、デザイン性の高いもの、目移りしすぎてなかなか決まらない。優柔不断な蛍に呆れたのだろうか、左京の姿が見えない。

「あれ、左京さん？」

見れば、少し離れたところで店員にクレジットカードを渡している。

（まさか指輪を自分で買ってしまった⁉）

プレゼントにしたいと思っていたので、慌てて確認に行く。すると左京はけろりと答えた。

「いや、違うよ。これは俺の個人的な買いもの。蛍に似合いそうなネックレスを見つけたから」

「私にですか？　ダメですよ、今日は左京さんの指輪をっ」

左京は蛍の頭をくしゃりと撫でて、反論を制する。

「これをつけた蛍を俺が見たい。だから買ったんだ」

「でも、今日のワンピースも左京さんからいただいたものですし」

蛍は自身の着ている服に目を落とす。大人っぽい花柄のワンピースは入手困難と話題になっている人気デザイナーのもので、誕生日でもなんでもないのに彼がプレセントしてくれたのだ。

「最近の左京さんは私に甘すぎます……」

困った顔で蛍がつぶやくと、彼は「ははっ」と声をあげて笑った。

「いいんだよ。蛍のそういう顔を見るのが、今の俺にとっては一番の楽しみだから」

大きな手に腰を抱かれ、ふいに彼の顔が近づく。

「それに、お礼は今夜たっぷりともらうつもりだし」

とろけるような声音と鼻をくすぐる彼の香り。蛍の全身が熱くなって、心臓が爆発しそうになる。

「期待してるよ」

迷ったすえに彼の指輪は蛍と同じブランド、仕事中も気兼ねなくつけていられるシンプルなものを選んだ。内側に刻印を入れてもらうので、受け取りはひと月後だ。蛍が店員とそれらのやり取りをしている間に、左京はさらにイヤリングまで買い足していた。もちろん自分のではなく蛍のだ。

(衝動買いをするようなお店ではないと思うんだけどな)

けれど彼とまったく同じで、蛍も今は左京の嬉しそうな姿を見るのがなにより幸せに感じる。

（新婚だし、ちょっとくらいいいよね）

恥ずかしさは捨てて思いきりラブラブ期間を満喫してしまえ。そんな気持ちでいる。

夕食は六本木のラグジュアリーホテル。最上階に入っている鉄板焼きの店を左京が予約してくれていた。目の前の鉄板でシェフが肉や海鮮を調理してくれる。その音と匂いに食欲を刺激された。

「わぁ、おいしそう」

「いつも忙しくて、なかなか外食もできなくて悪いな」

「そんなの、気にしないでください」

蛍の護衛という特別任務がなくなったので、最近の左京は以前ほど早く帰宅できなくなっていた。シャワーを浴びに戻るだけで、ろくに眠りもせずに霞が関にUターンの日も多い。だけど、貴重な休みはいつも一緒に過ごしてくれるし、惜しみない愛情は十分に伝わってくるから不安はない。

「がんばる左京さんをずっとそばで見ていられる、すごく幸せです」

「ありがとう。蛍のほうは最近の仕事はどうだ？」

「とっても順調です。最近、同僚と外でランチをする機会も増えたんですが、新しいお店を開拓したりするのが楽しくて」

「同僚って、まさか男も……」

意外とヤキモチ焼きな彼が顔色を変えたので、蛍はすぐに否定した。

「女性の後輩ですよ。前にも話した、山下さんっていう子で」

最近、彼女がよく誘ってくれるのだ。仕事に集中したい日はお弁当、でもたまの息抜きも大事だと学んだ。

「そうだ。私、平日の週に一回バレエを習いに行こうと思っていて。会社の近くにダンススタジオがあるそうなんです」

この情報も唯がもたらしてくれたものだ。彼女はそこでピラティスのクラスを受講しているそうで、クラシックバレエのクラスもあると教えてくれた。

バレエ専門の教室とは違い大人から始める人も多いそうで、気軽に楽しむにはぴったりだと思ったのだ。

「ちょっとした発表会もあるみたいなので、私が出られるレベルになったら観に来てくれますか？」

「もちろん」

「うたた寝は禁止ですよ」

蛍が釘を刺すと、彼は弱った顔でグラスを口に運ぶ。

「部屋はもう取ってあるから」

食事を終えると、左京はポケットにしまってあったカードキーを蛍に見せた。このところ彼が多忙だったために一緒に夜を過ごすのは久しぶりで、その言葉だけですでにドキドキが止まらない。

(毎回、こんなふうになっていたら寿命が縮みそう)

触れられるたび、キスを贈られるたびに痛いほど胸が高鳴って、ちっとも慣れる気がしないのだ。

このホテルでもっともランクの高い、最上階のスイートルーム。

「わあ!」

足を踏み入れた蛍は子どもみたいな感嘆の声をあげる。そこに広がる光景が、まるで一枚の絵画のように美しかったからだ。室内のゴージャスなインテリア、窓の外の夜景にうっとりと見入ってしまう。

「素敵なお部屋ですね」

「あぁ。蛍込みで完成する完璧な美だ」

「そ、それは言いすぎです」

照れ隠しに、蛍は彼の視線から逃れて部屋を見て回る。

「左京さん。バスルームがふたつもありますよ！」

はしゃぎすぎかと思ったけれど、彼は笑って受け止めてくれた。

ソファに座って夜景を眺めながらしばらくはお喋りを続けていたけれど、ふと会話が止まり、どちらからともなく唇を合わせた。優しいキスは蛍の胸をあふれんばかりの幸せで満たしてくれる。

「あの事件は怖かったけれど、左京さんと出会えて本当によかったです」

「俺もだ。蛍のいない毎日は、もう考えられない」

ついばむようなキスを繰り返しながら、左京が蛍の背中に手を回す。ワンピースのファスナーがおろされ、白い肩があらわになる。

「あっ」

小さく声をあげて、蛍は自身の胸元を隠すように腕を交差させる。

「どうして隠す？」

顔をのぞき込んでくる左京の瞳がいたずらっぽく光った。

「えっと、その……」

戸惑っている間にどさりとソファに押し倒された。

「お礼をしてくれる約束だっただろう」

妖艶な笑みが迫ってくる。あっという間に腕を取られ、頭上で固定されてしまった。

「なるほど。これか」

ワンピースがはだけて、黒のスリップ姿になった蛍を見おろして左京はペロリと上唇を舐めた。

(や、やっぱりやめておけばよかった)

あまりの羞恥に顔から火が出そうだ。今日の下着は、京都にいる親友の美理が結婚祝いのプレゼントにと贈ってくれたもの。電話で事件の顛末と左京との結婚を報告したとき、彼女は大盛りあがりで喜んでくれた。

『え〜。例の逃避行の相手と結婚⁉ すっごいドラマティック!』

そこまではよかったのだけれど、左京が蛍より八歳年上だと知った彼女はやけに張りきってとんでもないアドバイスをくれた。

『相手が年上だからって、いつまでも初々しいかわいさだけで勝負してちゃダメよ。たまには色気たっぷりに迫って翻弄しないと!』

そして数日後には、自分では絶対に買えないデザインの高級セクシーランジェリーが届けられた。今から思えば、彼女は蛍をからかっていただけなのだと思う。

（なのに、なんで本気にしちゃったんだろう）

穴があったら入りたいとはまさにこのこと。胸元の深いVネックがセクシーなスリップはまだいい。けれど、この下に着ているブラとショーツはとんでもない代物だ。総レースであちこち透けていて、大事なところをまったく隠してくれない。

「友人がプレゼントしてくれて……これを着たら左京さんに釣り合う美女になれるかもって……私、盛大な勘違いを……」

蛍の説明は支離滅裂だったけれど、経緯は理解してくれたようだ。左京は大きくうなずく。

「なるほど。その友人には俺からもなにか礼をしよう」

「え？」

左京の手がするりとスリップの肩紐を外す。

「釣り合うとか、そんなことを考える必要はまったくないが……この下着を身にまとった蛍は最高に俺好みだ」

彼はそのまま、足元からスリップを抜き取った。

「さ、左京さん。お願いだからあまり見ないで」

「俺に見せるために着たくせに？」

煽情的な下着を着て初々しく恥じらう姿。それが左京の嗜虐心に火をつけたらしい。彼の喉がゴクリと鳴る。

「本当によく似合う。肌の白さが際立って神々しいほど綺麗だ。なのに、とびきりいやらしい」

うっすらと透けて見える桃色の果実に、彼の吐息がかかる。それが甘い媚薬となって蛍を悶えさせた。

「ふっ、あ」

「ねだっているみたいだから期待に応えようか」

繊細なレースの上から彼の舌がそこをなぞり、転がす。湿り気のある音、レースのこすれる刺激に蛍は我慢できずに声をあげる。

「や、あぁ！」

豪華なスイートルームと普段なら絶対に着ない下着。非日常感が蛍の身体をどんどん敏感にさせる。彼の指が、舌が、素肌を探るたびにはしたない声が漏れて止められない。

いつもよりずっと挑発的な蛍の姿に、左京が昂っていくのもよくわかった。大きな手が荒っぽく太ももを撫で回す。

「そういえば、ちょうどこの辺りに犬伏が触れたんだよな」

不愉快そうな声でつぶやくと、彼はゆっくりと頭をさげていく。

「消毒をしよう。たっぷりと」

「あっ、左京さん」

熱い唇が強く太ももを吸う。犬伏の指先が触れたときは嫌悪で全身が硬直したのに、どうしてこうも違うのだろう。

(左京さんだと、トロトロに溶けていくみたいに力が抜ける)

彼の唇はどんどん上に内側へと向かっていく。

「んっ、そんなところまでは触られていないからっ」

「付近も消毒しておかないと。毒が広がっていたら困るだろう」

蛍が抗議をしても彼に聞く気はないようだ。ショーツの隙間から指先が侵入する。

ビクリと蛍は腰を浮かせた。

「あ、はぁ」

泉が満ちて、あふれていく。左京の指先がしっとりと濡れる。

「とろけきった蛍の顔、たまらないな」

今夜の彼はなんだかとても意地悪で、焦らすように蛍をもてあそぶばかりだ。これが彼の作戦なのだと薄々気づきながらも、もどかしくなってしまう。

「左京さんの服、脱がせてみてもいいですか」

らしくもなく積極的な蛍に、彼は満足げに目を細めた。

「どうぞ」

蛍の隣に、左京はごろんと横になって目を閉じた。

自分がこんなふうに動くなんて信じられない。ドキドキしながら彼のシャツのボタンを外していく。鍛えあげられた硬そうな腹筋に目が釘づけになる。

(恥ずかしくてあまりちゃんと見たことなかったけど、かっこいいな)

思わずそっと唇を寄せる。すると彼の上半身がビクリと震えた。同時に左京が「んっ」とかすかな声を漏らす。反応が嬉しくなって、蛍はもう一度彼の素肌にキスを落とした。唇が腰骨の辺りに触れたとき、「ストップ」と彼が蛍の肩を押した。

「もうまずいから。それ以上は」

弱りきった顔の左京に愛おしさが込みあげる。

「左京さん」

「ん?」

「大好きです」

「俺もだ」

覆いかぶさってきた彼が蛍の身体を優しく抱き締める。

「愛してる、蛍」

彼の熱が蛍のなかに入ってくる。眼差しからも繋いだ手からも、深い愛が伝わってきて喜びに胸が震えた。

(左京さんを好きになって、好きになってもらえて本当によかった)

孤独だった蛍の人生に左京というひと筋の光が差した。それだけで世界が一変し、毎日がキラキラと輝き出したのだ。

(私も左京さんにとって、そういう存在になれたらいいな。なれるようにがんばろう)

END

特別書き下ろし番外編

番外編　永遠の誓いをあなたと

赤霧会の事件からもうすぐ丸一年。季節は巡り、また春が近づいてきた。

いつもの定食屋で左京は昼食をとっている。向かいに座る、元部下の亮太は今日も大盛りのカツカレーだ。みるみるうちに、半分近くを胃のなかにおさめていた。

「カロリー摂取しないと、やってられないっす。上は本当に人使いが荒くて」

赤霧会をほぼ壊滅させて勢いにのった亮太たち暴力団対策課は、次々と目覚ましい功績をあげていた。今のターゲットは特殊詐欺で荒稼ぎをしている組織で、あいかわらず忙しくしているようだ。

「赤霧会の残党はおとなしくしているのか？」

「もう散り散りで残党すら残っていませんよ。犬伏も塀のなかだし、このまま消滅でしょうね。しかし、犬伏もああ見えて義理人情のヤクザらしい一面もあったんですねぇ」

犬伏が事件を起こした理由、違法賭博規制への反発が一番ではあったが、海堂実光への恨みも大きかったと語ったらしい。

「あぁ、犬伏の恩人が実光にいいように利用されて捨てられたってやつか。どこまで本当かわからないし、たとえ義理人情に厚かろうとあいつが最悪の犯罪者であることに変わりはないぞ」

左京はばっさりと切り捨てる。

「いやまぁ正論ですけど、犬伏への個人的恨みが入りまくりですよね？　最愛の妻が襲われそうになったときの菅井さんの顔、奥さんにも見せてあげたかったなぁ」

あのとき、左京と一緒に窓から侵入し、犬伏を撃つという大仕事を完遂してくれたのは彼だった。

（個人的恨み……でなにが悪い）

蛍に触れた男など、たとえ聖人でも許せるはずがない。

「そういや聞きましたよ。菅井さんは明日から休みで旅行に行くそうじゃないですか」

恨めしそうに彼は口をとがらせた。

「どこから仕入れてくるんだ、その情報は」

警視庁と警察庁は別組織のはずなのに、いやに情報が早い。

「ノンキャリの星の情報網を甘く見てもらっては困りますね」

亮太は得意げに鼻を高くする。

「でも『あの菅井左京が仕事を休むなんて、東京に槍でも降るんじゃないか』ってみんな驚愕してましたよ」

「おおげさな。二泊の国内旅行だぞ」

結婚式もしていない、新婚旅行にも行っていないのだから、このくらいは当然の権利だろう。

「もちろん奥さんとですよね。どこへ行くんですか？」

「京都だ。彼女の故郷だから」

「へぇ～。奥さん京都出身なんですね。うんうん、着物が似合いそうですもんね」

にやけ顔でスプーンを口に運ぶ彼を、左京は軽くにらみつける。

「想像しなくていい」

「ていうか、いつになったらきちんと奥さんを紹介してくれるんですか？　事件のときはバタバタで、あいさつもしていませんし」

「そんな約束をした覚えはない」

「うわっ。嫉妬深い男は嫌われますよ～」

「……余計なお世話だ」

そう返しつつも、思い当たる節がありすぎて耳が痛い。

(蛍を俺以外の男にわざわざ会わせたくない。が、嫌われるのはものすごく困る)

左京の心を読んだかのように、彼はククッと楽しそうに口元を緩める。

「でもまぁ、奥さん孝行してきてくださいね。仕事ばかりで家庭をないがしろにしていると捨てられちゃいますよ」

その言葉どおりの結果になった男、伯父の啓介を知っている身としては、より一層気をつけなくてはならないだろう。

「あぁ、肝に銘じておくよ」

「あ、じゃあ写真を送ってくださいよ。奥さんの花嫁姿、俺も見たいです」

「絶対に嫌だ」


翌日の金曜日。亮太に話したとおり、左京は珍しく有給休暇を取得した。今日、明日と京都に二泊して日曜日に帰ってくる。

左京と蛍は朝早くに家を出て新幹線に乗り込んだ。

「海外旅行とか、なかなか連れていってやれなくて悪いな」

「海外より京都が嬉しいです。だって左京さんと出会った場所ですし」

そんなふうに言って頬を染める蛍がかわいくてたまらない。

「あれから、もう一年以上経ったのか」

「はい」

「やっと結婚式をあげられると思うと感慨深い。蛍のドレス姿、楽しみだ」

「私も。左京さんのタキシード姿をたくさん撮りたくて、カメラを新調しちゃいました！」

蛍はボストンバッグの外ポケットから一眼レフのデジカメを出して見せてくれる。

偽装結婚を決めた当初はやらない予定だった結婚式だが、こうして本物の夫婦となったからにはやはり……という思いも芽生えはじめて、ふたりで相談した。左京が多忙すぎることもあって、ふたりきりで式だけしようという結論になった。

「せっかくの京都だし和装はしなくていいのか？」

勝手なイメージで蛍は洋装より和装を選ぶかと思っていたのだが、ドレスとタキシードを希望したのは彼女のほうだ。

「着物姿は……どうがんばってもお母さんにかなわないから。比べて卑屈にならないように、です」

蛍は懐かしそうに目を細めてクスリと笑った。彼女の母は祇園では伝説的な芸妓だったそうだ。蛍の着物姿だって誰より美しいはずだと左京は思うけれど、彼女がドレスを希望するのならそれでいい。

「なるほど。今日は、友達に会うんだよな」

「はい！　私の一番の親友です」

蛍は彼女との思い出を楽しそうに語ってくれた。

「美理がいてくれなかったら、私は本当に人を信じられない人間になっていたと思います。そうしたら左京さんとこんなふうに幸せにしている今も、なかったかも」

「そうか。じゃあ彼女は俺にとっても恩人だ」

京都駅に着くと、その恩人がふたりの到着を待っていてくれた。

「おかえり～、蛍」

「久しぶり、美理」

ふたりが会うのは、蛍と左京が初めて会ったあの日以来だそうだ。蛍の友人、美理は妊娠中のようでおなかがふっくらとしていた。

蛍は少し恥ずかしそうに、彼女に左京を紹介する。

「こちらが左京さん。私の……旦那さま」

「はじめまして、菅井です」

いつだったかの結婚祝いの礼も言いたいところだが、蛍が怒って口をきいてくれなくなりそうなのでやめておいた。

あいさつを済ませたあとは、彼女の案内してくれる店に三人で向かう。京都らしい、繊細な懐石料理に舌鼓を打った。

「美理、あらためて妊娠おめでとう。赤ちゃん楽しみだね」

「ありがとう！　念願の妊娠だったから嬉しい」

彼女はすでに母親らしい、優しい笑みを浮かべている。

「そうだよね。体調は大丈夫？」

「うん、つわりがひどくて大変だったけど、安定期に入ったらぴたりと終わって今は絶好調！」

美理の語る妊婦の苦労話、蛍はもちろん左京も真剣に耳を傾けた。とくに〝夫にされてイラッとした言動〟は非常に参考になった。

（俺たちもいつかは……）

その日を想像するだけで口元がにやけてしまう。

「ごめんね。私の愚痴ばっかり聞かせちゃって。そうだ、蛍はバレエを始めたんでしょう？　どう、楽しめてる？」

「うん、すごく楽しいよ。やっと勘を取り戻せてきた感じ」

仕事終わりに週に一度、蛍はバレエを続けている。彼女から色々と話を聞いている うちに左京もずいぶん詳しくなった。初めてのデートで蛍がファンだと言っていた男性ダンサーは、今やバレエファンなら誰もが名前を知る大スターになっている。

「いつか踊ってみせてね。私は昔からずっと蛍のファンなんだから」

ふたりはもともとバレエ仲間だったそうで、美理も蛍がバレエを再開したことをとても喜んでいた。

食後の甘味、抹茶のムースをぱくりと口に放り込みながら、美理は感慨深そうにつぶやく。

「蛍が幸せそうで本当によかった。やっぱり私の勘は正しかったのね！」

「なんの話？」

左京が尋ねると、彼女はにんまりと笑う。

「ふたりが初めて会ったときの逃避行の話です。私は、菅井さんがきっと蛍に一目惚れしたんだろうって推理して」

「ち、違うから。それは」

美理の言葉を遮って蛍は顔の前で両手を振る。照れる姿がたまらなくかわいくて、左京の頬が緩む。

「左京さんは警察官だから。それで助けてくれただけなのよ」

「え〜本当かな？」

美理がズイと身を乗り出して左京の顔を見る。

「どうなんですか、菅井さん。一目惚れか、警察官としての義務感だったのか」

「もう美理ってば！」

弱りきった蛍の声に美理の明るい笑い声が重なる。

左京は少し迷って、彼女にこう答えた。

「運命を感じた。それは事実だな」

この街で初めて蛍を見かけた、あの日のことが脳裏に蘇る。凛とした姿に目を奪われ、呼吸すら忘れて彼女を見つめていた。

ロマンを理解する心などかけらも持っていなかった自分が『運命』などと口にする日が来るとは、蛍の存在は偉大だ。

「左京さん」

蛍の頬がポッと赤く染まる。

「わ〜ごちそうさま。お邪魔虫の私は早めに退散するから、このあとはふたりで存分に京都を満喫してね」

美理の言葉どおり、ランチのあとはふたりきりのデートを楽しんだ。結婚式は明日なので今日は純粋に観光だ。有名な神社仏閣、蛍の生まれた街である祇園。そして、彼女の好きな嵐山の竹林。

静謐な空気に身が引き締まるような思いがする。葉が風になびく音が心地よい。なによりこの場所は蛍によく似合い、彼女の美貌をより際立たせる。

「綺麗だな」

景色ではなく蛍を見て左京はつぶやく。けれど彼女は勘違いをしたようだ。

「本当に素敵な場所ですよね。心が洗われるってこういう感覚を言うんでしょうね」

「そうだな」

(まぁ、景色が素晴らしいのも事実だからいいか)

左京も蛍にならって眼前に広がる竹林を眺める。

蛍は何度も訪れているだろうし、左京も初めてではない。それでも、隣に彼女がいるというだけで特別感があった。

こうして手を繋ぎ、並んで歩くだけで幸せを実感できる。

「私たちが出会ったあの日、左京さんは仕事で京都に来ていたんでしたよね？」

「そう。関西を本拠地にしている暴力団は多いからな」

「言われてみればそうですね」

「そんなわけで、この辺りに楽しい思い出はあまりなかったんだが」

ナイフを振り回して暴れるやつを取り押さえたり、拳銃を突きつけられたり、今思い出せる範囲でも苦労した記憶ばかりだ。

「でも、蛍のおかげで京都が大好きになったよ」

彼女と出会い、そして永遠の愛を誓う場所だから。

「明日はいよいよ結婚式ですね」

「そうだな」

明日の午前中、京都の小さな教会で式をあげる予定になっている。蛍はこちらをチラリと見あげて、はにかむような顔をする。

「左京さん。こんな私を妻にしてくれて本当にありがとうございます。これからもよろしくお願いします」

左京は繋いでいた手をより一層ギュッとする。

「蛍に出会ってから、俺の世界はすごく色鮮やかになった。それまでは出世にしか興味がなかったが、今は好きなものが増えた」

蛍が好きな本なら読んでみたい。観たいと言う映画は一緒に観に行きたい。バレエにも詳しくなったし料理もするようになった。彼女のおかげで、自分の狭かった世界がどんどん広がっていくのを実感していた。

「君だけを愛して守り抜く。だからどうか、これからも俺の人生を照らしてほしい」

「はい」

「明日が楽しみだ」

そうして迎えた結婚式。ふたりを祝福するように空は青く澄み渡り、チャペルのてっぺんの十字架が日の光でキラキラと輝いていた。

「左京さん」

純白のドレスに身を包んだ蛍は神々しいほどに美しく、左京はしばし言葉を失った。

「あの、大丈夫ですか？」

心配そうに顔をのぞかれ、ようやく我に返る。

「あ、いや。大丈夫だ。蛍があまりにも綺麗だから見惚れていた」

ごくシンプルなウェディングドレスだ。ジュエリーもパールのイヤリングとネックレスのみ。その潔さが蛍らしく、世界一美しい花嫁だとお世辞抜きに思った。

「左京さんもかっこいいです。やっぱり黒が似合いますね」

「白はちょっとガラじゃない気がしてな」

左京もオーソドックスな黒のタキシードを選んだ。

「社交辞令だってわかっているんですけど、さっき牧師さんにお似合いだって言ってもらえて嬉しかったです」

かわいらしい彼女の笑顔に、左京の胸は少年のように高鳴る。

（島には悪いが、写真でも絶対に見せられない）

そう固く心に誓う。心が狭いと言われようが、蛍のこの姿は自分だけの宝物にしておきたい。

左京は彼女に手を差し出す。

「そろそろ行こうか」

「はい」

その手を蛍が取って、ふたりは歩き出す。

「左京さん。ひとつ報告があって、耳を貸してもらえますか？」

そんなふうに言われたので、左京は軽く膝を折って彼女に顔を寄せる。

「なんだ？」

「実は、おなかに赤ちゃんがいるみたいなんです」

「え……ええ⁉」

まさかのタイミングでのサプライズだ。

「美理から色々と話を聞いているうちに、そういえば私も……と気にかかることがあって。だから、ゆうべ検査薬を買いに行ったんです」

「そういや、帰り際に薬局に寄ったな。でもあれは化粧品を買うためじゃなかったのか？」

旅行用の洗顔料を忘れたからと彼女は言っていたはずだ。

「えっと、もし勘違いだったら左京さんががっかりするかなと思って。すみません、嘘をついて」

「……そうか、勘違いではなかったんだな」

平静を装って答えたけれど、内心は驚きと嬉しさで激しく動揺している。

（俺と蛍の子ども……）

「みたいです。東京に戻ったら一緒に病院に行ってくれますか？」

「当たり前だろう。そうだ、体調は？　結婚式をしている場合じゃないかな」

急に焦り出す左京に、蛍は笑って首を横に振る。

「大丈夫です。結構フライング気味に検査をしてしまったので、つわりはもう少しあとかもしれません」

「そういうものなのか」

まったく知識のない自分がもどかしい。

「いやでも、なにかあれば言ってくれよ。蛍と……おなかの子が一番大事だからな」

「ふふ。左京さん今、おなかの子って言うとき照れてましたね」

図星を突かれた。けれど、言葉にしたらやっと実感が湧いてきたようにも思う。

「自分が『おなかの子』なんて発言をする日が来るとは、蛍に出会う前は思ってもいなかったからな。触ってもいいか？」

「もちろんです」

おそるおそる彼女のおなかに手を伸ばす。ここに新しい命が宿っているのかと思うと、なにか胸の奥から込みあげるものがあった。それはきっと〝感動〟なのだが、既知の単語ではとても言い表せない、初めて知る思いだった。

左京は幸せを噛み締める。

「すごく嬉しい。ありがとう、蛍」

思わず目尻に涙がにじむ。それは蛍も同じのようで、彼女の頬にもキラリと光るものがあった。

「大切な家族が増えますね」

「あぁ」

ヴァージンロードの終着点である祭壇の前にふたり並んで立つ。

ふたりきりの結婚式は、思いがけず家族三人での初めてのイベントに変わった。

「誓いますか？」

牧師の問いかけに、左京は高らかに力強く宣言する。

「はい、誓います」

自分のすべてをかけて、愛する妻と我が子を絶対に幸せにするのだ。

番外編　キャリアの星、ノンキャリの星

霞が関に立つ警視庁の本部庁舎。島亮太の席がここに置かれてから早一年が過ぎていた。所属は組織犯罪対策部、暴力団対策課だ。

「えっ、小林（こばやし）課長が異動でまた新しいキャリアの人が来るんすか？」

「だとよ」

『鬼の峰岸（みねぎし）』と呼ばれる、この課でもっとも古株の刑事がうなずいた。彼が暴力団と対峙すると、ヤクザ同士の抗争かと間違われるほどの強面で、首も腕も丸太のような太さだ。

その彼から伝えられた情報に亮太は少し驚いた。

「でも課長も来たばかりって話じゃなかったでしたっけ？」

小林の赴任は亮太より数か月前だったと聞いているから、まだ二年も経っていないはず。

「キャリア組の異動スパンは俺たちよりずっと短いんだよ。とくに警視庁に出向してくる人間は出世コースだから」

「へぇ」

「ま、こっちからするとお客さんみたいなもんだ。おもてなしに満足すれば帰ってくれるから、適当に相手しときゃいい」

峰岸は嫌みっぽく言って、手にしていた缶コーヒーを飲み干した。

全国に警察官は二十万人以上もいる。この巨大組織のなかで、キャリア組と呼ばれる人間はわずか二パーセント程度。

警察組織は徹底した縦社会、大きなピラミッド構造になっていて、下っ端の位置から見あげると頂点はあまりにも高く遠い。

亮太自身も小さな交番勤務だった時代は本庁の刑事など同じ警察官とは思えなかったし、キャリア組なんてものは雲の上どころか大気圏を突破しそうなレベルで遠い存在だった。

「そもそも彼らは警察官じゃない、官僚だ。俺たちとは別のお仕事をなさっている」

言葉の端々から伝わるとおり峰岸はキャリア組にいい感情を抱いていないし、それを隠す気もない。

（まぁ無理もないか。峰さんからすれば、キャリア組の上司は現場を知らない若造だもんな～）

キャリア組の出世スピードは新幹線並みに速い。ノンキャリの最高到達点、それもごくごくかぎられた人間しかたどり着けない警視正の階級を、彼らは三十代半ばであっさりと手に入れる。おもしろくないと感じてしまうのも当然だろう。

キャリアとノンキャリ、所轄と本庁。警察組織はなにかと対立が生まれやすい構造になっているのだ。

「小林課長はわきまえているタイプの人間で、やりやすかったんだがな」

小林は上にヘコヘコするばかりで自分たち下の人間には無関心。正直あまりいい上司とは思えなかったが、峰岸たちベテランは『ああいうタイプが一番マシ』と満足そうだった。刑事と官僚は別の仕事をするものとわきまえて、自分たちの領域を邪魔してこないからだそうだ。

来たばかりの頃ならともかく、今は亮太も「同じ警察官じゃないっすか」などと青くさい反論はしない。警視庁に来てからはキャリア組と接する機会も増え、峰岸の言うことがなんとなく理解できるようになったからだ。キャリア組はあくまでも警察組織を管理するのが仕事、事件の解決や犯人逮捕のためにいるのではない。

そこは自分たちノンキャリの仕事であって、捜査の現場において彼らはたしかに〝お客さま〟なのだ。

「新しい人はどんなタイプですかね～？」

亮太のつぶやきに峰岸はニヤリとした。

「お前がノンキャリの星なら、彼は『キャリアの星』ってとこだな」

「キャリア組はみんな星じゃないっすか。ほとんど全員が警視監までのぼれるんでしょう」

警視監は警察の階級で上から二番目、どんなに優秀でもノンキャリには決して手の届かない地位だ。

「だが、警視総監と警察庁長官はひとりずつだ。彼らも彼らで、出世競争は熾烈なんだよ」

「あー、なるほど」

彼らが欲しいのは警視監ではなく、その上ということなのだろう。

「新しく来るやつは菅井家の人間らしいから。未来の警視総監さまかもな」

菅井家は代々警察官僚を輩出する家柄という話は聞いたことがあった。ようするに新しい上司はサラブレッドらしい。

（わきまえたエリートがやってくるのか、はたまた……）

それから数日後、サラブレッド菅井左京がやってきた。家柄と学歴は聞いていたが、こんなに顔がよいとは知らなかったので亮太は目を丸くする。

(はぁ〜。雲の上のエリートでこれだけの美形。すごすぎて嫉妬する気も起きねぇ)

もはや感嘆のため息しか出ない。

左京は前任の小林とはまったく違うタイプだった。つまり全然わきまえずに、現場に出て捜査に関わるタイプ。

「あ〜あ。今回は外れだ。面倒すぎる」

峰岸をはじめ、課のみんなは左京を煙たがった。そのせいで、いつの間にか亮太が左京の補佐役におさまっていた。

(ま、俺は別に嫌いじゃないからいいけどさ)

少なくとも亮太は、前任の小林よりは彼に好感を抱いていた。会話のなかに意味のわからない横文字が登場しないからだ。帰国子女だった小林の台詞には、聞いたこともない単語が度々出てくるので調べるのにひと苦労だったのだ。

現場からの帰り道、昔ながらの喫茶店の前で足を止めて亮太は左京に声をかける。

「菅井さん。昼飯食べてから帰りましょうよ」

「今日は奢らないぞ」

小林のことは『課長』と呼んでいたが、彼のことは『菅井さん』と呼んでいる。

「俺はナポリタン大盛りで！　菅井さんはどうします？」

「彼と同じものを」

左京の注文の仕方はいつもこれだった。食にこだわりがないらしい。

「菅井さん、剣道してたんですね。俺も剣道です」

警察官が採用後に教育を受ける警察学校では、柔道か剣道の授業を必ず受けることになっている。採用の段階では未経験の人間が多いが、亮太は経験者だった。中学、高校と六年間剣道部に所属していたので、まぁまぁの腕前である。

左京は亮太よりもっと歴が長いようだ。

「親父も剣道をしてたからな、物心ついた頃には竹刀を握っていた」

「へぇ」

ガタイのいい人間が集まりやすい暴力団対策課は柔道派が多数なので、それを聞いて少し親近感が湧いた。

「じゃあ、いつか手合わせしてくださいよ。といっても俺はもうだいぶなまってるな～」

凝り固まった肩を回しながら亮太はぼやく。

警察学校を出てしまうと、本格的に稽古をする機会は少なくなる。警察官は多忙なので、欠かさず鍛錬を続けている人間など少数派だ。キャリア組ならなおさらだろう。

「いつでもいいぞ。休日はたいてい道場にいるしな」

彼だって自分と同じく腕は落ちているはず。そんなふうに考えていたので、この台詞には驚いた。

「えぇ⁉ マジですか？」

「あぁ。休むと腕がなまる。武道でもスポーツでも、なんでも同じだろう」

「いや、まぁそのとおりですけど。キャリア組の仕事ってハードじゃないですか。週に一度あるかないかの休みを稽古に費やしてるんすか？」

ストイックにもほどがある。

「俺たち警察官がいざというときに動けなかったら意味がない。島も時々でいいから竹刀を握れ」

彼の言葉にハッとする。

「……警察官」

思わずオウム返しにつぶやいてしまった。左京が怪訝そうに眉をひそめる。

「なにか間違ったことを言っているか?」

「あっ、いえ。そうじゃなくて、菅井さんは自分のことを警察官と思っているんだな〜と」

左京の眉間のシワがますます深くなる。

「警視庁で働く人間になにを言っているんだ?」

「でも前任の小林課長は……」

『現場で成果をあげるのは君たち警察官の仕事だ。存分に励んでくれ』

彼の声が耳に蘇る。あの台詞を聞いたとき、亮太はどうも彼を好きになれないと思ったのだ。「自分はお前らとは違う」とでも言いたげな眼差しも苦手だった。

「いや、実際に雲の上の存在ってのはわかってるんですよ。峰さんたちも『キャリア組は官僚だ』って言いますしね」

「それは小林さんと峰岸さんが間違っている。キャリアもノンキャリも関係なく俺たちは全員警察官だ。悪に立ち向かい、市民の安全を守る。そのために存在している」

左京は食事の手を止めて、きっぱりと告げた。亮太は幾度か目を瞬く。

「驚きました。菅井さん、意外と青くさいことを言うんすね」

茶化そうとした亮太に、彼の鋭い視線が刺さる。

「正しいことを『青くさい』だの『理想論』だのと小馬鹿にして封じ込めるのはよくない風潮だ。『清濁併せのんでこそ一人前』とかもな。あの手の台詞を吐くやつに清らかさなんかこれっぽっちもないぞ」

ドキリとした。今の課にいるとその手の言葉を聞くことがとても多い。だが濁りに染まりすぎるとミイラ取りがミイラになる。ヤクザを取り締まるはずの刑事があの世界の誘惑に負けて堕ちていく。そんな事例ははいて捨てるほどにある。

「島」

強い声で呼ばれて、亮太は左京を見返す。

「お前は優秀な刑事だと聞いている。濁るなよ、自分の正義を信じろ」

まっすぐな彼の瞳は、小林のどこかさげすみの交じるそれとは全然違う。彼は自分を仲間だと思って言葉をかけてくれている。それがはっきりとわかった。

「菅井さんこそ」

「そうだな」

ふっと笑い合う。

（そうだった。俺はもともと青くさい人間で、だからこそ警察官を目指したんじゃないか）

想定外の出世をして本庁の刑事になんてなってしまったものだから、妙にかっこつけようと必死になっていたのかもしれない。

それから、ふと気になって亮太は尋ねた。

「ところで休日に剣道の稽古をしてたら、デートはいつするんですか？　恋人に怒られません？　うちの彼女も今カンカンで」

亮太自身、仕事の都合で二連続デートをドタキャンしてしまい大変な状況になっている。ブランドバッグをプレゼントすることで、どうにか機嫌を直してもらおうと交渉中だ。

「恋人はいないし誰ともデートしない。だから問題ない」

左京はサラッと悲しいことを言う。亮太はまじまじと彼を見返してしまった。

「その同情めいた目はやめろ」

「めいた、じゃなく心から同情してます。こんなにイケメンに生まれたのに無駄遣い」

「放っておけ。そもそも別に恋人ができないわけじゃなくて、つくらない主義で――」

「うわ～。その台詞はダメですよ。どれだけイケメンでも残念に聞こえるだけです」

「……お前な、俺は一応上司だぞ」

「もう今日は俺が奢ります！　おかわりしてもいいっすよ」

それからひと月。隣を歩く峰岸は今日もキャリア組への不満をぼやいている。そんな彼に顔を向けて、亮太は言った。

「キャリアもノンキャリも関係ないですって。机を並べて一緒に働く仲間ですよ」

「あのなぁ、島。お前がそう思っていても向こうは――」

峰岸の言葉を「いいんです」と遮って、亮太は空を仰ぐ。

「向こうがどう思っていても構わないんですよ。大事なのは俺がどう思うかですから!」

亮太がそう言い続けた効果も多少はあったのだろうか。左京に対する課の空気がだんだんと変わっていった。

左京は手柄になりそうな目立つ事件だけでなく小さな案件のこともよく勉強していて、指摘も指示も的確だった。上司として言うべきことは言うけれど、ベテラン刑事へのリスペクトも忘れない。彼の指揮で暴力団対策課は次々と成果をあげていき、左京はいつしか〝お客さま〟とは見られなくなった。

だが、彼はやっぱりキャリア組なので別れの日は思っていたよりずっと早かった。警視庁から警察庁に戻ることになったのだ。

当初はあんなにも左京を毛嫌いしていた峰岸の目にうっすらと涙が光っているのを、亮太は見逃さない。

（あとでからかってやろ〜っと）

「世話になったな、島」

左京が手を出す。その手を握り返して、亮太は答えた。

「こちらこそ。といっても、お隣ですしね。またいつでも飯を奢ってください！」

「奢るかどうかはお前の働き次第だけどな。じゃあ」

「菅井さん！」

踵を返しかけていた彼がもう一度振り返る。

「俺、退職するその日まで青くさい正義感を忘れないようにしたいと思ってます。だから菅井さんも、出世欲から汚職に手を染めるとかはなしにしてくださいね」

「ははっ、十分気をつけるよ」

左京はくしゃりと笑い、片手をあげて去っていった。

番外編　チョコより甘く

蛍と左京の息子、伊織(いおり)が生まれてもうすぐ三か月。今日は土曜日、そしてバレンタインデーだ。

甘い香りの充満するキッチンで、蛍は悪戦苦闘していた。

「えっと、次はナッツを砕けばいいのね」

「きちんと計量してからですよ。お菓子作りは目分量NGです！」

横から、伊織を抱いた唯が忠告してくれる。かつては犬猿の仲だったものの最近はすっかり仲良しになった後輩の唯が、今日は出産祝いに自宅まで遊びに来てくれた。

お菓子作りが得意な彼女が手伝ってくれるというので、今年の左京へのバレンタインプレゼントは難しいチョコレートケーキに挑戦してみることにした。

（去年の溶かして固め直しただけのチョコレートでも左京さんは喜んでくれたけど、今年はちょっと豪華に！）

「ごめんね、山下さん。せっかく来てくれたのに、息子のお世話とケーキ作りの先生まで頼んじゃって」

抱っこ好きの伊織がベビーベッドに寝かせた瞬間にぐずり出したので、唯は抱っこをしながら蛍にアドバイスをしてくれていた。

「伊織くんかわいいし、全然問題ないですよ！　けど、大槻さんはいつもお弁当だったから料理は得意なんだと思ってました」

仲良くなってからも互いにどうも気恥ずかしくて、いまだに苗字で呼び合っている。

「目分量で大丈夫な家庭料理は得意なんだけどね、お菓子作りはほとんどしたことがなくて」

料理は毎日のことなので自然と覚えたけれど、スイーツは食べたいときに店で買うものと考えていた。

「逆に山下さんは料理しないって言ってたよね？　どうしてお菓子は作れるの？」

「学生時代に『趣味はお菓子作りです』って言ったらモテるかな～と思って極めたんです。でも正直、男ウケは微妙でしたね」

唯らしくて笑ってしまう。彼女もクスリとして言う。

「私たちってつくづく正反対ですよね」

「うん。でも……私、山下さんには本当に感謝してる」

彼女のおかげで、ほかの同僚とも親しくなれた。ランチや飲み会に参加する機会も増えて、育休中の今もみんなとメッセージアプリで他愛ないやり取りをしている。生活のためだけに通っていた会社が楽しい場所に変わった。

「仲良くしてくれてありがとう」

「えっ、そんな改まった雰囲気出されても困るんですけど」

蛍が素直に礼を言うと、唯は照れたように視線を泳がせた。

「そうそう。営業部はどう？　もう慣れた？」

唯は数か月前に経理部から営業部に異動になったそうだ。

「経理部とは文化が違って、まぁでもやっと慣れてきた感じです。成績とか、わかりやすい指標があるのは励みになっていいんですけどね」

「うん、山下さんには向いてる気がするな」

「大槻さんも育休後はおそらく異動ですよね？　希望とか聞かれました？」

育休後の働き方については人事部と事前相談がある。もとの部署に残る選択ももちろん可能だが、蛍の場合は経理部が長すぎたので蛍自身も人事部も異動する方向で意見が一致した。

「経理の経験をいかせそうな経営企画室で希望を出したけど、どうなるかな。もし営業部だったら色々教えてね！」

「部長の話がうんざりするほど長いので、そこは覚悟しておいてください」

　そんな雑談をしながらケーキ作りを進めていく。

「はい、ＯＫ。あとはオーブンで焼くだけです」

　唯の指導に従って丸いケーキ型をオーブンに押し込む。

「わぁ、がんばった～」

　まだ完成していないのに達成感を覚える。

「焼く過程の失敗はほとんどないので、あとは待つだけですよ！」

「ふふ。楽しみ」

（左京さん、驚くかな？　喜んでくれるといいな）

　唯には紅茶、自分にはハーブティーを用意してお茶にすることにした。

「はい、伊織はミルクね」

　ちょうどミルクの時間だった。ソファに座った蛍は伊織を抱っこして、口元に哺乳瓶を持っていく。親馬鹿かもしれないけれど、伊織は左京によく似ていてキリッと凛々しい顔立ちをしている。小さな唇がモゴモゴと動く様子が愛らしく、眺めていると心がほんわかと温かくなる。

「かわいい～。ずっと眺めていられますね」

隣に座った唯がひょいとこちらをのぞく。

「伊織くんはミルク派ですか？」

「えっとね、母乳と混合にしてるんだ。自分もお世話できるようにしてほしいっていう左京さんの希望もあって」

母乳のみに慣れてしまうと哺乳瓶を受けつけなくなることがあると産婦人科で聞いたので、意識して混合にしている。

「旦那さま、育児熱心ですもんね」

「うん。すごく子煩悩」

もっとも左京の主張は、伊織との触れ合いだけでなく蛍のためでもあるようだ。

『ミルクも飲めるようにしておけば、蛍がゆっくり眠る日をつくれるだろう』

彼はそんなふうに言って、実際に週に何度かは蛍を休ませてくれる。伊織は夜泣きが多いほうなので、とてもありがたい。

(左京さんは仕事が忙しいのに、嫌な顔ひとつ見せたことないものね)

知れば知るほど、どんどん好きになっていく。そんな相手と結婚できたことを本当に幸福だと感じている。

「でも官僚はやっぱり忙しそうですね。今日も土曜日なのにお仕事なんでしょう？」

「そうだね。最近はまた一段と忙しそう。でもケーキが楽しみだから今夜は早く帰ってくるって、さっきメッセージがあったよ」

嬉しそうな顔で蛍は報告する。途端に唯が唇をとがらせた。

「もう！　旦那さまの話題になると、結局は私がのろけ話を聞かされるはめになるんだから」

「ごめん、ごめん。今日は山下さんの話をちゃんと聞くから！」

蛍は慌てて姿勢を正す。

「じゃ、報告しますね」

唯がにんまりする。

「うん」

「私、ついに結婚が決まりました～！」

これまで聞いていた彼女と恋人の関係や今日の唯の幸せそうな表情から薄々察してはいたものの、正式におめでたい報告を受けるとやはり嬉しい。

蛍は弾んだ声を返す。

「わぁ～おめでとう！　あ、伊織も笑ってる」

ミルクを飲み終えて、ご機嫌の伊織が唯に満面の笑みを向けた。

「ありがとうございます。ふふ、伊織くんにまで祝ってもらえて嬉しいな」

「結婚式はするの？　山下さんは和装も洋装もどっちも似合いそう」

「私は断然ドレス派なんですけど、彼が白無垢も見たいって言うから着てあげてもいいかな～」

ケーキが焼きあがるまでの間、唯ののろけをたっぷりと聞いた。

「じゃあ、お邪魔しました～。家族でのバレンタインディナー楽しんでくださいね！」

「うん、本当にありがとう」

唯のおかげで手作りとは思えない豪華なケーキが完成した。

（左京さん早く帰ってきてくれないかな～？）

「待ちきれないよね、伊織」

伊織にそう声をかけたところで、タイミングよく左京が帰宅した。

ダイニングテーブルに、育児中にしては少しだけ手をかけた料理とケーキを並べる。

「どれもうまそうだ」

「料理は簡単なものばかりですけど、ケーキは後輩の山下さんが手伝ってくれたので自信作です」

左京の目が優しく弧を描く。

「いつもありがとう。いただきます」

左京は忙しいので家族三人でゆっくり食卓を囲むのは久しぶりだった。移動式の簡易ベビーベッドのなかで、伊織も嬉しそうにしているように見える。

左京が彼に声をかける。

「ごはんが食べられるようになるのが楽しみだな。伊織のママは料理上手だから。パパも負けないように勉強するよ」

「つわり中や産後すぐに作ってくれたお料理、もう十分すぎるほど上手でしたよ」

左京はなにをやっても上達が早い。料理の腕もすぐに抜かされてしまいそうだ。

「来年はまだ無理だけど……再来年は伊織にもバレンタインのプレゼントを贈れるかな？」

二歳にチョコレートは早いかもしれないから、プレーンなクッキーはどうだろうか。

その頃には唯に頼らずとも作れるようになっておきたい。

「二年後かぁ。その頃にはお喋りもできるようになってるかな？」

「そうですね。パパとかママとか呼んでくれているかも！」

幸せな未来に思いをはせて、ふたりはほほ笑み合う。

「伊織はどんな大人になるだろう」

「左京さんと同じ警察官とか？」

「どうだろう。蛍のバレエ好きに影響を受けてダンサーになるかもしれないぞ」

「うわぁ、それは嬉しすぎますね！　私、公演を追いかけて回っちゃいます」

菅井家の男だから警察官。そう言わないところがすごく左京らしくて、ますます彼に惚れてしまう。

「まぁでも、両親の職業や趣味に囚われる必要はない。伊織自身で好きなものや大切なものをたくさん見つけてほしい。俺たちはその手伝いをしよう」

「はい！」

（よかったね、伊織。あなたのパパはとっても素敵な人よ）

唯オリジナルレシピのチョコレートケーキは、濃厚な甘さが大人の味で絶品だった。

「蛍」

いつの間にか隣に来ていた左京に名前を呼ばれる。

「左京さん」

伸びてきた腕に優しく抱きすくめられた。彼の長い指が顎をすくう。

「あ、あの……伊織が見て」

クスリと妖艶に左京が笑む。

「大丈夫。ほら」

彼の視線の先で伊織はスヤスヤと眠っていた。

「あ」

「愛してるよ、蛍」

彼の唇がゆっくりと落ちてくる。優しくて温かくて、チョコよりずっと甘いキスだった。

END

あとがき

本書をお手に取っていただき、ありがとうございます。作者の一ノ瀬千景です。今年もベリーズ文庫から本を出させていただけたこと、とても嬉しく思っております。

今作はミステリー大好き人間として、いつかは挑戦してみたかった警視正ヒーロー。ラブストーリーの甘さと事件のスリル、どちらも妥協したくない！と精いっぱいがんばってみました。お楽しみいただけたでしょうか？

執筆前の下調べで、警察組織についてあれこれ調べました。これまで書いたどの職業よりも大変で……でも『本庁』とか『所轄』とか、そういう単語が大好きな私には楽しい時間でもありました。以前はキャリア組なら最短三十三歳で可能と言われていた警視正の階級が、近頃は三十七歳くらいになっているという情報も得たのですが……三十七歳はベリーズヒーローとしては大人すぎかな？と思い、古い定説を採用させてもらいました！

そんなわけで三十四歳の警視正という設定になったヒーローの左京。当初はもっと偉そうな俺さまキャラの予定でした。でも、芯の強い蛍がそういう男性を好きになるかな〜と疑問を抱いてしまい、ほんの少しキャラチェンジ。今の左京ができあがりました。蛍はわりとぶれることなくスラスラ書けたヒロインです。孤独で儚げな美女は、私の好みにどストライクなんですよね。

お気に入りの脇キャラは芙由美さん。癖の強いマダム、楽しかったです。そして、ノンキャリの星の島くん。えこひいきして、番外編の主役までさせてしまいました！　現場のど真ん中にいるノンキャリ刑事ヒーローもいつか書いてみたいなと、妄想が膨らみます。

悶絶するかわいさの蛍と、麗しすぎる左京を描いてくださったのは古谷ラユ先生。ラフ絵をいただいた時点で大興奮でした。

古谷先生、いつもお世話になっている担当さま、本書の刊行にたずさわってくださった方々、そして応援してくださる読者さま、みなさまのおかげで私は今日も書けています。本当にありがとうございました。

一ノ瀬千景（いちのせちかげ）

一ノ瀬千景先生への
ファンレターのあて先

〒104-0031
東京都中央区京橋1-3-1
八重洲口大栄ビル7F
スターツ出版株式会社　書籍編集部　気付
一ノ瀬千景先生

本書へのご意見をお聞かせください

お買い上げいただき、ありがとうございます。
今後の編集の参考にさせていただきますので、
アンケートにお答えいただければ幸いです。

下記URLまたはQRコードから
アンケートページへお入りください。
https://www.berrys-cafe.jp/static/etc/bb

冷血警視正は孤独な令嬢を溺愛で娶り満たす

2024年2月10日　初版第1刷発行

著　者　一ノ瀬千景
©Chikage Ichinose 2024

発行人　菊地修一

デザイン　カバー　Scotch Design
フォーマット　hive & co.,ltd.

校　正　株式会社文字工房燦光

発行所　スターツ出版株式会社
〒104-0031
東京都中央区京橋1-3-1　八重洲口大栄ビル7F
TEL　03-6202-0386（出版マーケティンググループ）
TEL　050-5538-5679（書店様向けご注文専用ダイヤル）
URL　https://starts-pub.jp/

印刷所　大日本印刷株式会社

Printed in Japan

乱丁・落丁などの不良品はお取替えいたします。
上記出版マーケティンググループまでお問い合わせください。
定価はカバーに記載されています。

ISBN 978-4-8137-1542-9　C0193

ベリーズ文庫 2024年2月発売

『内緒でママになったのに、一途な脳外科医に愛し包まれました』　若菜モモ・著

幼い頃に両親を亡くした芹那は、以前お世話になった海外で活躍する脳外科医・蒼とアメリカで運命の再会。急速に惹かれあうふたりは一夜を共にし、蒼の帰国後に結婚しようと誓う。芹那の帰国直後、妊娠が発覚するが…。あることをきっかけに身を隠した芹那を探し出した蒼の溺愛は蕩けるほど甘くて…。

ISBN 978-4-8137-1539-9／定価759円（本体690円＋税10%）

『スパダリ職業男子～消防士・ドクター編～【ベリーズ文庫溺愛アンソロジー】』　伊月ジュイ、田沢みん・著

2ヶ月連続！　人気作家がお届けする、ハイスペ職業男子に愛し守られる溺甘アンソロジー！　第2弾は「伊月ジュイ×エリート消防士の極上愛」、「田沢みん×冷徹外科医との契約結婚」の2作品を収録。個性豊かな職業男子たちが繰り広げる、溺愛たっぷりの甘々ストーリーは必見！

ISBN 978-4-8137-1540-5／定価770円（本体700円＋税10%）

『両片想い政略結婚～執着愛を秘めた御曹司は初恋令嬢を手放さない～』　きたみ まゆ・著

名家の令嬢である彩菜は、密かに片想いしていた大企業の御曹司・翔真と半年前に政略結婚した。しかし彼が抱いてくれるのは月に一度、子作りのためだけ。愛されない関係がつらくなり離婚を切り出すと…。「君以外、好きになるわけないだろ」——最高潮に昂ぶった彼の独占欲で、とろとろになるまで愛されて…!?

ISBN 978-4-8137-1541-2／定価748円（本体680円＋税10%）

『冷血警視正は孤独な令嬢を溺愛で娶り満たす』　一ノ瀬千景・著

大物政治家の隠し子・蛍はある組織に命を狙われていた。蛍の身の安全をより強固なものにするため、警視正の左京と偽装結婚することに！　孤独な過去から愛を信じないふたりだったが——「全部俺のものにしたい」愛のない関係のはずが左京の蕩けるほど甘い溺愛に蛍の冷えきった心もやがて溶かされて…。

ISBN 978-4-8137-1542-9／定価759円（本体690円＋税10%）

『孤高のエリート社長は契約花嫁への愛が溢れて止まらない』　橘樹 杏・著

リストラにあったひかりが仕事を求めて面接に行くと、そこには敏腕社長・壱弥の姿が。とある理由から契約結婚を提案してきた彼は冷徹で強引！　断るつもりが家族を養うことのできる条件を出され結婚を決意したひかり。愛なき夫婦のはずなのに、次第に独占欲を露わにする彼に容赦なく溺愛を刻まれていき…!?

ISBN 978-4-8137-1543-6／定価737円（本体670円＋税10%）

ベリーズ文庫 2024年2月発売

『ご懐妊!!　新装版』　砂川雨路（すながわあめみち）・著

OLの佐波は、冷徹なエリート上司・一色と酒の勢いで一夜を共にしてしまう。しかも後日、妊娠が判明！　迷った末に彼に打ち明けると「結婚するぞ」とプロポーズをされて…!?　突然の同棲生活に戸惑いながらも、予想外に優しい彼の素顔に次第にときめきを覚える佐波。やがて彼の甘い溺愛に包まれていき…。

ISBN 978-4-8137-1544-3／定価499円（本体454円＋税10%）

『結婚前夜に殺されて人生8回目、今世は王太子の執着溺愛ルートに入りました!?～没落回避したいドン底令嬢が最愛妃になるまで～』　瑞希（みずき）ちこ・著

伯爵令嬢のエルザは結婚前夜に王太子・ノアに殺されるループを繰り返すこと7回目。没落危機にある家を救うため今世こそ結婚したい！　そんな彼女が思いついたのは、ノアのお飾り妻になること。無事夫婦となって破滅回避したのに、待っていたのは溺愛猛攻の嵐！　独占欲MAXなノアにはもう抗えない!?

ISBN 978-4-8137-1545-0／定価748円（本体680円＋税10%）

ベリーズ文庫 2024年3月発売予定

Now Printing

『幼なじみの渇愛に堕ちていく【ドクターヘリシリーズ】』 佐倉伊織（サクライ オリ）・著

密かに想い続けていた幼なじみの海里と偶然再会した京香。フライトドクターになっていた海里は、ストーカーに悩む京香に偽装結婚を提案し、なかば強引に囲い込む。訳あって距離を置いていたのに、彼の甘い言葉と触れ合いに陥落寸前！「お前は一生俺のものだ」――止めどない溺愛で心も体も溶かされて…。

ISBN 978-4-8137-1552-8／予価660円（本体600円＋税10%）

Now Printing

『タイトル未定(海上自衛官×政略結婚)』 にしのムラサキ・著

継母や妹に虐げられ生きてきた海雪は、ある日見合いが決まったと告げられる。相手であるエリート海上自衛官・柊梧は海雪の存在を認めてくれ、政略妻だとしても彼を支えていこうと決意。生涯愛されるわけないと思っていたのに、「君だけが俺の唯一だ」と柊吾の秘めた激愛がとうとう限界突破して…!?

ISBN 978-4-8137-1553-5／予価748円（本体680円＋税10%）

Now Printing

『敏腕パイロットは契約花嫁を甘美な結婚生活にいざなう』 宝月（ほうづき）なごみ・著

空港で働く紗弓は元彼に浮気されて恋はお休み中。ある日、ストーカー化した元彼に襲われかけたところ、天才パイロットと有名な嵐に助けられる。しかも元彼から守るために契約結婚をしようと提案されて…!?　「守りたいんだ、きみのこと」――ひょんなことから始まった結婚生活は想像以上に甘すぎで…。

ISBN 978-4-8137-1554-2／予価748円（本体680円＋税10%）

Now Printing

『一夜の恋のはずが、CEOの最愛妻になりました』 吉澤紗矢（よしざわさや）・著

OLの咲良はバーでCEOの颯斗と出会い一夜をともに。思い出にしようと思っていたらある日颯斗と再会！　ある理由から職探しをしていた咲良は、彼から秘書兼契約妻にならないかと提案されて!?　愛なき結婚のはずが、独占欲を露わにしてくる颯人。彼からの甘美な溺愛に、咲良は身も心も絆されて…。

ISBN 978-4-8137-1555-9／予価748円（本体680円＋税10%）

Now Printing

『再愛～一途な極上ドクターは契約妻を愛したい～』 和泉（イズミ）あや・著

経営不振だった勤め先から突然解雇された菜子。友人の紹介で高級マンションのコンシェルジュとして働くことに。すると、マンションの住人である脳外科医・真城から1年間の契約結婚を依頼されて…!?　じつは以前、別の場所で出会っていたふたり。甘い新婚生活で、彼の一途な深い愛を思い知らされて…。

ISBN 978-4-8137-1556-6／予価660円（本体600円＋税10%）

タイトル、価格等は変更になることがございますのでご了承ください。

ベリーズ文庫 2024年3月発売予定

Now Printing

『ループ9回目の公爵令嬢は因果律を越えて王太子に溺愛される』 小蔦(こつた)あおい・著

侯爵令嬢・シシィはある男に殺され続けて9回目。死亡フラグ回避するため、今世では逃亡資金をこっそり稼ぐことに！　しかし働き先はシシィのことを毛嫌いする王太子・ルディウスのお手伝い。気まずいシシィだったが、ひょんなことから彼の溺愛猛攻が開始!?　甘すぎる彼の態度にドキドキが止まらなくて…！

ISBN 978-4-8137-1557-3／予価748円（本体680円＋税10%）

タイトル、価格等は変更になることがございますのでご了承ください。